独立日

The Road To The Independence

在
野 Wildling

在 野， 见 万 物

在野Wildling

02

草木光阴

周华诚 著

金雪 绘

生活·讀書·新知 三联书店 生活書店出版有限公司

图书在版编目（CIP）数据

草木光阴 / 周华诚著 . — 北京 :
生活书店出版有限公司 , 2018.6
ISBN 978-7-80768-241-7

Ⅰ . ①草… Ⅱ . ①周… Ⅲ . ①散文集 - 中国 - 当代
Ⅳ . ① I267

中国版本图书馆 CIP 数据核字 (2018) 第 062664 号

策 划 人 邝 芮 沈书枝
责任编辑 邝 芮
助理编辑 郭阳光
封面设计 罗 洪
责任印制 常宁强

出版发行 生活書店出版有限公司
（北京市东城区美术馆东街22号）
邮　　编 100010
经　　销 新华书店
印　　刷 北京图文天地制版印刷有限公司
版　　次 2018年6月北京第1版
2018年6月北京第1次印刷
开　　本 787毫米 × 1092毫米 1/32 印张7.75
字　　数 100千字 图75幅
印　　数 0,001—8,000册
定　　价 58.00元
（印装查询：010-64059389；邮购查询：010-84010542）

谨以此书献给

我的父母

以及

每一位

离开故乡的孩子

序：比深情更可贵的是俯身的瞬间

邹滢颖

我看过农人最美的笑容。江南的田地，七八亩连在一起就十分可观了。最热的七月底，那七八亩水稻成熟了，金黄一片，密密扎扎、沉甸甸、能与三伏时的阳光争一下光芒，让一手打造出这一切的人站在稻子前面，像个得胜的将军。风吹稻田，吹干了农民身上流不完的汗，远处的田野一望无际。这样的景象，我也亲眼见过。但随着城市的扩张，土地荒芜，村庄凋敝，那个一步一步离开农田、离开故乡的农民，成为渐渐消失的乡村的最后一笔。我只能感叹，不知道还能做什么，直到华诚出现。

华诚刚来杭报副刊的时候，交给我一本“简历”，我一看惊了，那不是简历，是一本厚厚的书，里面全是他的作品。从衢州到杭州，他的目标非常明确，做个更好的“写字的人”；但是没几年，他已经不满足于文字的深耕，重新把目光投向了故乡，田园将芜胡不归？他回去种田了，一亩三分地，天光云影共徘徊。我看过他的一张照片，站在成熟的稻田中，汗湿衣襟，那张照片让我又一次感到了吹过稻田的风。他把“父亲的水稻田”打造成了一个IP（知识产权）。

谁都知道干农活苦，从小干惯农活的华诚不会不懂这个。农忙时，男人凌晨三点多出工，妇女孩子四五点时也在田间了，赶在最毒的太阳到来前抢种抢收。最难受的是下午三四点，什么虫子都出来了，叮得你发毛。但是在他的笔下，清晨的露珠、稻田里的声音，都是可以观察和聆听的，写得又美又硬，像谷粒，扎着了你也无所谓。你所忽略的美好故土，他用自己的劳作打造了两个，一个在大地上，一个在文字里；一个可以收获，一个用于收藏。

“父亲的水稻田”不仅团结了他家三代人及村里农民，还帮助华诚找到了一批志同道合的人，他们互称“稻友”，一起种田一起出书。我有时觉得草木光阴里可以保留更多寂静的劳作，像五十岚大介的《小森林》，像高仲健一的《山是山水是水》，在劳作中，你拥有抚平伤口的能力，保留更完整的自己，但那是很老派的想法，何况华诚看上去并没有什么伤口需要抚平，他一直是平稳温暖、给人信赖的小哥哥模样。

因为一块水稻田，帮助了一个人脱粒、去腻，不至于在岁月忽晚中徒留空叹。对渐渐消逝的故土发出喟叹，那还仅仅停留在动心的境界，远远抵不上俯身的瞬间，那是动身的境地。“深情”与“俯身”隔了一段长长的修行，而劳作是唯一抵达的办法。那是只有在稻田中吹过风的人才能明白的。

自序　劳作的意义

故乡不只是用来怀念的

孩子们成群结队满村子乱跑的情景不见了。

哪怕是周末，村庄也是静悄悄的。

没有摇着拨浪鼓卖小玩意儿的货担郎，没有走村串户的木匠、箍桶匠与赶公猪的人，没有抬着嫁妆吹吹打打的长长队伍，也没有人穿着蓑衣赶着牛从细雨中走来。

村庄寂静得可疑。

显而易见，我们的村庄正在发生着深深的变化。房子变得高大，道路变得平坦。新农村建设使得村庄变得新起来，但是这仍无法阻止村庄里的人越来越少的趋势。

这就是现在的村庄，每一次回到我的村庄里去，我都觉得眼前景象可疑。

同样可疑的还有春节——村庄一下子热闹起来，到处都是衣着光鲜、面容陌生的返乡人。

明明都是这个村庄的村民，但是大多数时候他们都会消失，像一滴水消失在大海中。

我在浙西衢州常山县天马街道一个叫作五联村的地方长大。

每天上学要从广阔的田野间穿过，闻着稻花和油菜花的芳香，农忙时和父母一样挽起裤脚下田，一个暑假下来整个人晒得黝黑。

当我因为插秧、割稻而腰酸背痛、苦不堪言之时，父母的告诫就在耳边响起：“你看，如果不好好读书，就只有一辈子种田。”

好啊，那就咬牙，努力读书。

十六岁，我终于离开村庄，考上了省城的学校，后来又留在了城市工作，从此不用当农民。

后来，每一次回到村庄，我都发现村庄在变得陌生。

我们以前读书，看到古诗里“青箬笠，绿蓑衣，斜风细雨不须归”，“牧童遥指杏花村”，“朝耕及露下，暮耕连月出”，觉得这是中国的农村，江南的农村。

现在，这样的情景已经没有了。

村民们离开祖祖辈辈熟悉的土地，转向陌生的城市和工厂谋生。土地似乎一夜之间被他们抛弃。可是如果死守土地，洒下无数汗水换回的收获，根本不足以维持基本生活。

农民是自卑的，我的父亲当了一辈子农民，从来没有为自己是个农民而感到骄傲过。他和别人一样挥汗如雨，他能种出很好吃的水稻与青菜，但是他从来没有为此而自豪。

他们是被时代的列车抛弃的群体。这个社会不需要他们当农民了。但是，我们的村庄真的就应该变成这样吗?

中国传统乡村延续数千年的生活方式，就要这样消逝了吗?

每一滴汗水，理应配得上那份骄傲

谁的故乡不在沦陷?但除了感叹，还应该做点儿什么。哪怕力量微小，改变不了世界，或许可以改变身边一点点。

乡村也不只是用来怀念的，需要大家一起去建设。

从二〇一四年开始，我发起了“父亲的水稻田”活动，重新回到乡下老家，与父亲一起种一片水稻田。同时，我也用文字和图片来记录水稻的耕作与生长，记录一个村庄的变化。

因为下田，我和父亲之间的共同话题多了起来，我开始慢慢懂得父亲。

父亲高中毕业，有点文化，当过几十年农村电工。他一辈子都没离开过土地。他和我母亲一起，在土地上艰辛劳作，先后把三个子女送进学校，送进了城市。

十多年前，我就希望父母跟着我们一起到城市生活。我觉得土地没有那么重要，如果父母为了生活过得更好，完全可以和我们一样离开土地，进入城市。但他们不习惯，也不愿意。我也不理解，为此我们还发生过争论——在我看来，家里那点田地，扔了不足惜。父亲却看得比什么都重。

当我重新回到稻田，重新洒下汗水劳作，重新耕耘与收获的时候，我与土地之间那种断裂的联系终于又重新建立起来了。

一同建立起来的，还有我对父亲的理解。同时，我自己的人生观与价值观也在慢慢地发生改变。

我不再认为城市是更好的生活地点，我也不再认为从事其他任何职业比当农民更值得骄傲。

农民和村庄，在这个喧嚣的时代是被掩盖、被遮蔽的。农民的劳作价值是被忽视的，被极大低估了。

如果我不为当农民的父亲以及更多的农民父亲们说话，还有谁能为他们说话？

因为“父亲的水稻田”这个“乡村实验项目”，许许多多的城市人来到我们家的水稻田。

春天，大家挽起裤脚下田，一起插秧；秋天，大家扛出沉重的打稻机，一起用镰刀割稻。

这些活儿不要说孩子们，就是很多成年人都没有体验过。只有直接接触土地，才会深刻感受到劳作的辛苦、粮食的得之不易。

我们的孩子，还能认识粮食吗？

种田在这个时代似乎是一件有些可笑的事，尤其是单家独户的小农种田，愈加显得不合时宜，种田注定是要亏本的。

这是一项笨拙的劳动。其实很多手工活计也都是如此，都是笨拙的劳动。

一个绣娘可能要花两三年才能绣完一件作品；一个篾匠终其一生也做不了多少竹篮；一个农民，一辈子又能插多少秧呢？

这些笨拙的劳动者，最可惜的，不是他们做不了多大的事，而是即便一辈子都在做这件事，却仍然被时代所抛弃。

时代像列火车跑得太快，笨拙的人跑丢了鞋，仍然赶不上它。

但，这恰恰是我来做“父亲的水稻田”这件事的初衷所在。

从春到秋，我想记录下水稻耕种的过程，我想体会父辈在劳作中的艰辛与汗水。我想把这样的劳作与耕种，传递给我们的孩子，以及城市里的人们。

二〇一六年，我那本关于稻田的书——《下田：写给城市的稻米书》，由三联生活书店出版。

那本书是我写给父亲和村庄的，更是写给城市，写给孩子的。

或许再过十年，当这些年老的农民也不得不离开土地的时候，我们的水稻田都会荒芜，长满野草。

因为没有一个年轻人能真正继承父辈们的种田手艺。

城市里的孩子，他们双脚接触不到真正的土地。传统的中国农耕文化正在快速地消失，即使是农村的孩子，他们也不会种田了。

时代终究会朝前发展，而劳作的意义永恒。

当我蹲在稻田中间，注视一株水稻的花时；当我趴在野草中，观察一只纤弱的豆娘起起落落时；当我在稻禾中间汗落如雨，或当我品尝着自己劳作所获的大米时——我发现，生活本来如此简单而美好。

目 录

春

夏

秋

冬

春中田园作

[唐]王维

屋上春鸠鸣，村边杏花白。
持斧伐远扬，荷锄觇泉脉。
归燕识故巢，旧人看新历。
临觞忽不御，惆怅远行客。

十二秒鸟鸣

四日，清明之日。六时许，被声音叫醒，晨曦从窗帘上洒进屋，鸟群在遥远的树梢上啼叫，却仿佛就在窗外。各种鸟鸣，丰富极了。它们是如此亲切与熟悉。不请自来，如晤旧友。在乡下住着，夜的眠床舒适，贴合人的神经，常常是一夜无梦到天明。天明了，叫醒我的可能是母亲在厨房里生火腾起的炊烟，可能是来去纷繁的鸟鸣，可能是山谷里的伐木声，唯一不可能的，是梦想。

旧时堂前燕，年年到春天，吃早饭时，就会飞进屋来，不避人地在楼板下啼叫。啼叫的话语，据舅舅说是：不要你的油，不要你的盐，只借你一处墙壁住住。春燕年年衔泥来筑，老屋里筑起十几个燕窝，错落有致。雏燕新出，大鸟小鸟叽叽喳喳欢叫，过些日子，鹅黄的小嘴探出窝外，接取归来的大鸟嘴中衔着的小虫，这一幕，让小孩子伸长脖子，在楼板底下看得有趣。再过些时日，小燕学飞，跌跌撞撞，再过些时日，来去自如，早出晚归，春去也。

早饭过后，友人从日本奈良发来一张图片，是那里的梯田，题目写的是“飞鸟稻渊”。飞鸟是地名，也是时间，不是我在屋外看到的飞鸟。稻渊就是梯田吧——图片上，梯田层层叠叠，前景是一片油菜花，这却与我的故乡是一样的。此时，屋前田野，油菜花开得浪漫，却并不是连绵不断，而是这里一块，那里一撩，又间杂一些紫云英。紫云英这些年没有人种了，只有我们还在稻田里撒一些种，蓬勃地长出来，做绿肥。这样的种田法，是墨守成规，然而也无妨。便是屋前的鸟鸣也是墨守成规的样子，它们就那样叫着，仿佛从来也没有变过——

啾——啾— 啾。

清明——归啾。

清明——归啾。

鸟的品种确实非常多，音色混杂，各有不同。大太阳，我坐在门前桂花树下，喝明前的奉化曲毫茶。阳光洒在大地上，我却落了一肩的油菜花粉。其实也不只是油菜花粉，更有蓬藁花粉、紫花地丁花粉、梨花粉、李花粉、海棠花粉，甚至是青菜花粉。青菜花，我摘了一小把，插在空啤酒瓶里，搁在桌上，喝茶的时候顺便看花。

我忘了带望远镜回来——这会儿，几只小小的雀，头褐腹白，轻灵小巧地站在菜园的篱笆上腾挪跳跃。一只粗嗓子的大鸟站在高高的栗子树梢上叫。两只喜鹊一前一后地掠过菜园。那个小菜园里已经种了十六棵辣椒苗与四棵番茄苗。那是父亲从县城买的，一元一棵，他已经把它们安顿在了土地里。

两只母鸡咕咕咕，在菜园篱笆外边啄食雷公竹的笋壳。前一天我与父亲一起上山挖笋，挖的是大笋，泥里白。今日中午便吃雪菜炒笋片，昨日中午是吃咸肉炖笋块，都好极了。笋是春天的妙物，其滋味鲜美，鲜得不可方物。

父亲拎了一桶水，去菜园里浇辣椒苗与番茄苗。我安静下来，听着五十米开外那棵栗子树梢上的鸟鸣，觉得清晰，如在耳边。于是打开手机上的录音软件，录了一段鸟鸣。这样随意地录了十二秒，重听时发现，居然澄澈得像是黑胶唱片里淌出来的一样！

我一遍遍重听，并思想着，能把这十二秒的鸟鸣用邮件分享给谁。呆坐了一会儿，手机屏幕上就又渐渐地落了一层黄色的花粉。

丙申春

斜风细雨

“青箬笠，绿蓑衣，斜风细雨不须归。”

这是我的记忆里，最值得回味的春天的情景。早春时候，雨丝绵绵而下，落在黛色的鱼鳞瓦上，悄无声息；只有屋檐水，一滴一滴断断续续地落下。嗒，嗒，嗒，嗒。诗一样的节奏，不急不缓。年幼的孩子，搬一只板凳在堂前坐了，望着那雨幕出神。

远处的村庄，笼罩在一片朦胧之中。

有人穿着蓑衣，荷一柄锄头，缓缓在田边行走，渐近，又渐远去。

桃树两三枝，在远处兀自开着，那一抹浅浅的红色，仿佛会在雨雾中洇开。

门外，暮色渐渐地重起来。

安静的春天

山坡上春意渐浓。层层叠叠深深浅浅的绿色，摊开在山野。各种各样的野花，呼啦一下冒出来。

山坡上永远有吸引我们的东西，比如小野笋，还有野草莓。

一大片梯田，一直延伸到峡谷里。人站在山冈上，感受着吹来的轻柔的风。要是刚下过一场雨，洁白的云朵会直接停留在梯田上方，仿佛只要一伸手就可以触摸到。

有一天，长大后的我回到村子里，在田埂上坐了很久。

山泉水的声音，不知道从什么地方传来。云雀在远远的地方叫着，声音传出很远。

我忽然觉得，心里很安静——安静极了。

开 耕

田间，一个人，一头牛。

要开耕啦！人勤春来早，乡下的日子，农活已经一件一件排满，丝毫耽搁不得。

耕田的人穿着蓑衣，头戴笠帽，一手扶铁犁，一手执鞭子。他吆喝一声，老牛就低下头，拉着铁犁稳稳地前进了。

铁犁的尖插进泥土，把土地哗啦啦地翻过来。

这一幕，就好像是从唐诗宋词里走出来的。

这样的水田耕作工序，据说是在唐代形成。当时的犁，已很有名，叫“江东犁”。其犁辕短曲，故又叫“曲辕犁”。

在五联村，我们没有这样精确的称呼，只是一概称作“犁”。

前些年，我们村里的犁田佬还在用的，仍然是这种“曲辕犁”。

这种犁比较轻便，农人握着犁梢，便可以根据土质情况，随时调整犁田的深浅。

我的故乡，地处浙西南，属于丘陵地区或半山区，很多田地都不规整，经常是随着山势溪形回转，奇形怪状，边边角角很多。用这样的“曲辕犁”来耕地，就便于人和牛的回转。

记得小时候，我常常挎一个小桶，跟在耕田的牛和人后面。因为总是有很多的泥鳅和黄鳝被翻耕出来。抓泥鳅和黄鳝，是特别有趣的事情，每次都能抓到小半桶。

时至今日，这一景已经渐渐地少见到，以后，怕是真要从江南的字典里消失了。

耙　田

说起来，“耕田”这件农活，其实包含了三种不同的工作：耕——耙——耖（chào）。

耕，是第一步。用犁翻耕，土块被翻过来，荒草就被压到泥下了。

水田耕翻之后，还需要灌水浸泡，再把泥块耙碎，于是，第二种工具又要出场了，就是耙。

耙是一种带木刀片或铁刀片的工具，操作时，人就站在耙上，牛拉着耙前进。

人站在耙上，被牛拉着前进，哇，简直是威风凛凛，就好像一个冲锋陷阵的将军。

望着站在耙上的耕田人，我总会出神，担心耕田人会不会脚下一滑，摔一身的泥水呢？不过，好像这样的事情从来都没有发生过。

真叫人失望。

一幅水墨画

稻田经过反复的耕耙之后，泥块都已经耙碎，烂成糊糊，这时候还要再进行一道工序，叫作“耖”。

耖，是用一种尖齿型的农具，把泥面耖平、耖细，这个过程也能拌匀肥料。

“两犁两耙一耖”（犁两遍，耙两遍，耖一遍），这是耕田的几道工序。全部完成，才算把田耕好，田里水平如镜。

耕田是一种技术，更是一门艺术。

你看吧，田如纸，犁似笔，水就是墨，那牛与人一起，挥毫泼墨。

他们来来回回，在一方方画纸上绘出自己的作品。

牛的暗号

田边的梨花开了，桃花也开了。

村庄如画。在田间劳作的人如在画中。

人常说“对牛弹琴”。弹琴，牛是不懂的，“牛口令”它懂。有的牛跟了主人十几年，了解主人脾气，知道要怎么走，它比人还机灵。

有时候，人要跟牛说话，让牛听指挥，这就要用到“牛口令”。

耕田时，耕田人反手（左手）牵着牛绳，拿着牛梢，右手扶犁，开始起步。犁头一插，牛梢一挥，喊一声“嗨”，牛就四脚用力，梗着脖子，拉起犁往前走。

一畦出头，等到转弯向左，耕田人就唤一声“崭”，牛绳一拉，牛按人意向左转。

如果要向右转，就要喊声“辟”，同时用牛绳对牛拍一下，牛就乖乖地向右转了。

如果叫牛停步，拉一下牛绳，喊一下“挽”，牛就停步了。

那时我们小孩子蹲在田埂上，听着耕田人一下“嗨”一下“辟”，觉得很有趣，也想大声地对牛说话。可是不管我们怎么扯起嗓门，耕田的牛也不会听我们的话。

牛也真是会认人的。它们多么通人性呀。

阴历三月尾巴上，要打秧了，耕田人就要开好头道犁。到了四月，要插秧了，又要耕田人忙碌好一阵。耕田人在一块又一块田里忙碌，真是艰辛呀。

丙申夏

黄牛呀，水牛呀

水牛力气大。我村庄里的都是水牛，见不到黄牛。十几岁了，我才见过黄牛，觉得稀奇。

水牛的角弯弯的，样子威武。小孩子要骑牛，牛也温柔，把头低下，小孩子踩着牛角，用力一蹬脚，就爬到牛背上去了。牛背又宽又平坦，放牛娃可以一直骑在牛背上。牛要过河或走山路，放牛娃都不担心掉下来。

我就不行。我骑过一两回牛，牛一走动，我就会滑溜下来，坐不稳。

村里的放牛娃，以前在山上放牛，带着笛子，坐在牛背上悠闲地吹。他吹出来的笛声虽然不怎么动听，可是我们依然很羡慕。

我们读书时，在书里看到，画上的放牛娃也总坐在牛背上吹笛子。

可是，在村庄里，种田的人都很辛苦，尤其是耕田人，总是起早摸黑。我们清晨上学的时候，就看到他们在田里干活了；到了傍晚，暮色浓得连人影都看不见，他们还没有收拾家什回家。

妈妈说，赶快努力读书，要不然，以后也要种田耕田呢。

金雪 丙申夏

铁　牛

村庄里有十几个耕田人。最多时，全村有六十多头牛。

可是慢慢地，牛就少了。

因为种田辛苦，挣不到钱，村民只好纷纷离开村庄，进城去打工。许多田地也就抛荒了，任它长满野草。耕田人，年纪大起来，渐渐地吃不消体力活，就把牛卖了，杀了。

后来，全村只剩下两头牛。

再后来，一头牛也没有了。

村庄里再也没有放牛娃。

去年春天，我看到有一位耕田人，骑着一辆“铁牛”，给我们家耕田。这个工具“吃”的是柴油，看起来样子单薄，可是力气居然也很大。最重要的是，它不需要人去“放牛”，也不用喂它吃草。

我站在田边，跟犁田人闲聊。

他说，犁田真是件辛苦的事。晴天，晒得厉害，全身出汗湿淋淋的。要是落雨天，也会一身尽湿，连回家换衣服的时间都没有。

以前，干活时还有蓑衣穿，现在连蓑衣都没有了。穿起雨衣犁田，太不方便啦。

那块田犁好的时候，果然淅淅沥沥地下起雨来。

春雨在水面激起一圈圈涟漪，我对着田野发了好一会儿呆。

布　秧

布秧，是《耕织图》里的说法，通俗地说，就是播种。

水稻的播种，也并不是直接把水稻的种子播到田里那么简单。农人历经数千年摸索，水稻播种已有成熟的经验。在播种之前，先要浸种——即把稻谷种子放在水中浸泡，使它吸足水分，然后置于温暖湿润的环境，促使它发芽。催芽两昼夜后，可以播种。浸种——催芽——播种，这三个步骤，必不可少。

《耕织图》是南宋绍兴年间，画家楼璹所作，它得到历代帝王的推崇和嘉许。男耕女织，这是中国古代很美丽的小农经济图景。

让我们看一看《耕织图》里《布秧》一幅的题诗：

旧谷发新颖，梅黄雨生肥。
下田初播殖，却行手奋挥。
明朝望平畴，绿针刺风漪。
审此一寸根，行作合穗期。

南宋时的楼璹在任於潜县令时，绘制《耕织图》四十五幅，包括耕图二十一幅、织图二十四幅。到了清朝，康熙南巡，见到《耕织图》后，感慨于织女之寒、农夫之苦，传命内廷供奉焦秉贞在楼璹所绘基础上，重新绘制，共计有耕图和织图各二十三幅，并每幅制诗一章。

《耕织图》可以说是真正的国宝，后代流传各种版本的《耕织图》，形成了中国绘画史、科技史、农业史、艺术史中一个独特的现象，成就了中国文化遗产的一大瑰宝。《耕织图》后来还流传到世界各地。我在网上见过一个版本，是日本京都的狩野永纳在一六七六年摹写的。

可是，《耕织图》里那种传统农耕的场景，在我们的乡村里却是渐渐消失了。

田　荡

播种之前，先要用田荡把秧田泥土弄平。

田荡，是匀平秧田泥土的农具。它还有调和秧田水和泥的作用，通俗一点说，就是“和稀泥”。

元代的《王祯农书》上说：“田方耕耙尚未匀熟，须用此器平着其上荡之，使水土相和，凹凸各平，则易为秧莳。”

这么古老的农具，构造却非常简单。你看吧，就好像是一个倒过来的室外电视天线呢——不过，现在的孩子，也不知道室外电视天线是什么东西了吧？

总之，这样一个新奇的农具，也很有意思。看到大人在田里用田荡推泥巴，小孩子都好想脱了鞋袜，去尝试一下呢。

现在的田间，已少见专用的“田荡”，往往以翻谷耙没有齿的那一面来替代“田荡”。当然还有一些村民会动脑筋，想出更简单的办法：用一条长板凳反扑在泥面上进行。

“和稀泥”完成之后，泥土表面滑润细腻，就可以把已经催出新芽的谷种撒下去啦。

秧 盆

撒种过后，要用秧盆把种子“塌”入泥土中。

秧盆，看起来和脚盆差不了多少。除了把种子塌入土中，插秧时，秧盆也可用于装载秧苗。手上拿不下，便把秧苗置于盆中，往后推行。在我的老家，已多年没有见过在农事中使用秧盆了。

种子播下以后，农人俯身，一手握着秧盆的边沿，一边扭转腰身，借助全身力量带动秧盆在泥土表面画半圆形。通过这样的摩挲，谷种就被温柔的力量压到了泥水中。谷种浅浅地进入泥中，利于扎根，也利于生长。

我用相机拍了几张照片，许多人看到，说这个劳作的场面很唯美。其实，长时间弯腰俯身在田间劳作，是一件极艰辛的事。用不了多久，腰都伸不直了。

旱地育秧

除了在水田里播种育秧，也可以在旱地育秧。

不管是旱地育秧还是水田育秧，秧苗长成后，要从秧田中拔秧，再一株株地分开，移栽到大田中。

种子播下以后，用草木灰覆盖，再用晒干的猪栏粪的碎屑——筛过以后细细的那种，铺上一遍。这是有机肥，能让种子茁壮成长。再用喷雾器喷一道水。如果天晴，就每两天去喷一遍水。

秧苗长得好不好，关系全年的水稻收成，农人对秧苗从来不敢含糊。

中国的水稻种植，历史真是悠久。我们都是食稻之民，在新石器时代的河姆渡遗址，人们发现了很多人工栽培的稻谷的遗存。稻谷堆积的数量之多，保存程度之完好，是同时代遗址考古中极为罕见的。

这说明，我们的先民在七千多年前就已经学会了种植水稻。科学家说，日本、朝鲜等国的稻米，很可能就是从长江下游一带经由海上传过去的，这是一条“稻米之路”。

谷种播下以后，用不了几天，绿色的尖尖叶子就冒出来了。

分　秧

秧苗长了一个月，该插秧啦。

插秧之前是分秧——从秧田中，把秧苗拔起来。这道工序看起来简单，其实要小心翼翼才是。秧苗幼嫩，稍有不慎就会断掉。断掉一根苗，就是损失一株稻，少掉一碗饭，怎能不慎重?

拿一只小凳子坐在田间，细细地把秧苗拔起来，清洗掉根上的泥，再用棕叶把秧苗扎成一把一把，挑到要插秧的田里去。

雨雾空蒙的田野，或是，灿烂的田野。

人玉香
丙申夏

插　秧

雨后，山峦明净，四野清晰，空气如洗，泥土的气息与植物的气息在村庄里飘浮。

大家脱了鞋袜，把脚伸进泥土。细腻的泥水在趾间滑动。我们去插秧，站在田间，俯身向大地，左手持一把秧，右手把一株一株的秧苗插进泥土之中。

手把青秧插满田，
低头便见水中天。
六根清净方为道，
退步原来是向前。

这是唐朝布袋和尚的插秧诗。这几句诗里，隐藏着插秧的技术要领。

一是必须低头和弯腰，这是与田野进行亲密接触的首要条件。弯腰使得人呈现一种躬耕于南阳的低微之态，低头是把视野变小，把世界观变成脚下观。这个时候我们看见水，看见泥，看见水中有天，看见天上有云，看见水中有自己，也看见水中有蝌蚪。二是必须手把青秧，这使得我们站在田野中间时，不再百无聊赖，我们每个人都在操持正事。我们手执一株青秧，弯下腰身，伸出手去，以手指作为前锋，携带着秧苗的根须，植入泥土之中。泥土微漾之间，一种契约已经生效：你在泥间盖上了指纹，每一株青秧都将携带着你的指纹生长。

金雪丙申夏

孩子，别怕

这孩子一直挂在爸爸身上，怎么也不肯放下脚来。

“太可怕了……”她在哭，“泥巴太可怕了……”

不过，她只有三岁呢。从城市到村庄里来，还从来没有下过水田。

“父亲的水稻田”活动，我邀请了好多城市的朋友带着孩子，一起来插秧。有的孩子像头小牛，在水田里走来走去，溅得一身都是泥水，脸也成了大花脸，但还是开心极了。

我们教孩子们插秧。

插秧看起来简单，其实是一件技术活。技术要领包括一些似是而非的规定动作。比如双脚与肩平，分开站立，同时尽量少移动双脚。脚少走动，我们可以把精力集中在手上，插秧的效率将得以提高，而脚坑的减少，也避免让秧苗插到空虚的脚坑里。

插秧其实是一种“倒退行为”，倒退的时候，你就会看着眼前的田野被成果所覆盖。于是得到鼓舞，得到信心，得到一种心灵的丰富与充盈。

几十个孩子，从遥远城市的幼儿园或课外培训班或游乐场所而来，他们来到田野间，跟着“稻田大学校长”学插秧。校长同志什么也没有说，只是举起一株秧，把这株秧举给他们看。然后校长弯下腰身，把这株秧稳稳地安放进了大地。

孩子们总是会了解这一举动的意义的。不是在今天就是在明天。或许在两年后，或许在二十年后。

金雪 丙申夏

脚下一滑

父亲带着孩子来到田间，手上拿着稻秧，俯身与孩子耳语。

孩子在泥水间捉蝌蚪，手伸到水里去玩泥巴，玩够了，才拿起秧苗学插秧。父亲也由他去，只是自己一行一行地插秧。

大概，他也很多年没有这样插过秧了吧。

也许他会想起自己的父亲，曾经对他耳语过的那些话。那些话具体的章节与指向的事实都已经模糊不清，早已在时间里飘散，但是耳语的动作与意义却清晰无比地流传下来。

现在，他的孩子也这么大了。

他不会告诉孩子一屁股跌进泥水中是什么感觉。除非孩子自己真的一屁股跌进泥水中，这种感觉才能被准确地传达。所以他看到孩子摇摇晃晃、踉踉跄跄地行走在泥水中间时，一点儿也不紧张。他甚至有一点儿希望孩子脚下能滑一下，小小地滑一下。然后果真，孩子一屁股坐进泥水中。

插秧歌

日本著名俳句诗人小林一茶在他的作品里写到插秧歌：

中午小睡
稻农的歌声
让我感到羞耻

他写的场景是，在插秧的农忙时节，那些对农事劳作陌生的人，听到歌声，因为自己并未参加劳作，而感到不安与惭愧。

"稻农的歌声"，指的就是插秧歌。他还有一首俳句同样是写插秧时节：

中午小睡
心有神灵
人们在稻田里

日本的稻作源自中国。在中国的土地上，流传着各种与稻田劳作相关的谚语与歌声。例如这一首《插秧歌》：

太阳发红东方亮，哥哥耖田妹插秧。
泥巴糊上哥哥脸，浑水打湿妹衣裳。
不怕累呀不怕脏，哥妹田中把歌唱。
哥唱四月秧苗嫩，妹唱八月稻穗黄。

每到插秧季节，在江苏扬州一带，田间地头，大喇叭里会播放《拔根芦柴花》《撒趟子撩在外》这样的插秧号子。号子充满了热情，也充满了对土地的热爱，歌声悠扬、粗犷，男女比赛似的对唱，缓解劳动的艰辛。

《拔根芦柴花》的歌词——

叫呀我这么里呀来，我呀就的来了，

拔根的芦柴花花，清香那个玫瑰玉兰花儿开。

蝴蝶那个恋花啊牵姐那个看呀，鸳鸯那个戏水要郎猜。

小小的郎儿来哎，月下芙蓉牡丹花儿开……

田间的艰辛与美好，既热闹，也是寂静的。

更多的时候，歌声只在心里响起。劳动的人忍受着身体的疲累，很久很久以后，直起身来，发现眼前的田野已被绿色的青秧所插满。

落在后面

插秧是一件劳累的事，俯身久了，腰身酸乏。小时候下田干活，时不时便要站直了身，休息一下。偷眼看看田里的父亲母亲，一直弯着腰身，一心一意地插秧，早已把我远远地抛下。

长大了，再来插秧，干不了一会儿，仍然觉得腰身酸乏。站直了身，擦一把汗，偷眼瞥见父亲母亲，他们一心一意地插秧，早已把我远远地抛下。

什么时候，才能赶上他们呢?

一个人，在田间

天光，倒影，鸟鸣，蜻蜓飞。

我一个人在田间插秧。

一行一行青秧插到田间，就好像把一行一行文字写在纸上。

心无旁骛的感觉真好。

父亲的水稻田

稻田静谧

插秧的人已离开，稻田里搅浑的水又渐渐澄清。

接下来，就把时间交给稻秧吧，你们，可以自由自在地在山川之间生长。

乡下的日子

有时候，在田间站着，看青山静静，云雾来去，不禁心旷神怡。

乡下的日子，千百年来都是如此吧。

只是田间劳作的人，渐渐地少了。这二三十年，那些最擅长田间技艺的人，正在远离村庄，远离稻田。

他们转身走向城市，走向机器轰鸣的工厂，走向川流不息的流水线。他们在城市里待着，我猜，他们一定会怀念稻田里的静谧吧？

他们是否还会记得稻田上方的星空，以及萤火虫的明灭？

从清晨到黄昏

这样的时候，只要拿只竹椅，在门前坐下来就好。

所有的风景都会装进心里。

村庄里的人家，有在门楣或墙壁上写“耕读传家”的，虽然并不一定识字，但总归是一种理想吧。以前村庄里是有一些文化程度很高的人，能写漂亮的毛笔字，也能读古老的线装书，村人要写信的时候，都会去找他们；大小喜事，也是他们坐在八仙桌前登记礼簿，“×××，礼币五圆”，毛笔字端庄秀丽。

没什么事的时候，他们就坐在檐下读书，目光悠远。

沿着他们的目光望出去，一定可以望见不一样的风景。

一袭烟雨

稻田披着一袭烟雨，青山在远处绿着。

稻田插秧后第五天，父亲说，你看它们长得多好。

我记起稻田里的蝌蚪，上次见时尚年幼，几天过去，不知大了几许。

我在《致友人书：棕鱼》中写过一段话：

> 近时春雨连绵，我在乡下小住，推窗而望，万般草木都是清鲜无比。黄昏时，见白色的雨雾中，一人一牛，一前一后，从远山薄影中逶迤而来。及至近了，乃看清是犁田之人，头戴竹笠，穿了一件灰黑的蓑衣，赤脚走在归家路上。
>
> 请他檐下小歇。脱下的蓑衣，挂在锄头柄上，尚在滴滴答答淌水。我对这蓑衣很有兴趣，因如今已不常见了。问了，得知是犁田佬的父辈留下的物件，算来已有五六十年；在蓑衣的背后，依稀仍能看出毛笔写就的字迹。

很想去买一件蓑衣。

很想穿上蓑衣，去田间走一走。

田埂上的父亲

我在野草密集的田埂上蹲下身来。

我长久注视一株水稻或是一只昆虫。

我的心就一下子安静下来。

田野就有这样的魔力。

水稻在慢慢生长，昆虫在低低吟唱，风在缓缓吹。

父亲从田埂上走过，水里有他的身影。

夏

渭川田家

［唐］王维

斜光照墟落，穷巷牛羊归。

野老念牧童，倚杖候荆扉。

雉雊麦苗秀，蚕眠桑叶稀。

田夫荷锄至，相见语依依。

即此羡闲逸，怅然吟式微。

和草木在一起

和草木在一起待久了，语言会变得多余。面对草木的时候，你不需要演讲和夸夸其谈。惊蛰到来，牛牵引着犁铧走向遍布阿拉伯婆婆纳和节节草的野地，那里正盛开着一个喧闹的春天。在犁尖插进微热的土地，把新鲜的泥巴翻转过来之前，二者不需要什么山盟海誓，或蜜语甜言。它们一见钟情，水到渠成。

穿蓑衣戴斗笠的农人来到田间，细雨微风之中，他扶锄而立，他将要开始播种，他要把丝瓜种子、黄瓜种子、南瓜种子和毛豆、玉米都播撒进清明的土地。此时此刻，他内心涌动着一些激情，但很明显，他无须发表一场施政演说。土地和草木不需要口号、承诺，以及对称与排比句。他就那么站了一会儿，在手掌上吐了一口唾沫，两掌搓一搓，然后用力挥动尖嘴锄，就把种子们一一点进了泥巴之间。微细的雨滴继而铺陈下来，润湿大地。很快，嫩黄色的细芽将穿透种壳，在土地上彰显力量。如果你蹲下身来，与嫩芽们对视，你用目光抚摸它的茎叶，看清它茎秆上细细的白色的绒毛，这就够了，这样的目光的抚摸，将会让它们更加茁壮地成长。

和草木在一起待久了，一个人的语速会变得缓慢。一生操持农事之人，语言能力退化，渐渐拙于人事。你怎么对待庄稼，庄稼一定会怎么回报给你。你投之以汗水，它报之以硕果。农人与庄稼之间不会发生争执，他们只肯握手言和，不会面红耳赤。我的外公一辈子在山里劳作，在山上田间与飞禽走兽、木石流泉为伍，夏天种得几畦辣椒，拣出最大最红的辣椒装上一担，走十几里路挑到城里去卖。城里人在辣椒面前挑拣，说这个不好，那个不好，外公嗫嚅半天，说不出话，最后一拎扁担不卖了，又挑了辣椒走十几里路回家。外公不知道的是，在城里接受挑拣，那不只是辣椒的命运，即便是黄瓜、苹果、香蕉，还有人，也照样被挑拣，最后剩下一堆废瓜，因那只是城市的一种行事习惯而已，如同行路，两条腿要让路于两个轮、两个轮要让路于四个轮一样。

和草木在一起待久了，会慢慢变成一个行动缓慢之人。在大地上，草木都依照四时节气过日子。春日里开花，夏天舒枝长叶，到了秋天结出累累果实，冬天开始落叶，脱去一身繁华。父亲在田间种水稻，他告诉我，水稻的生长过程也是严格遵循四时节气。往年粮食不够吃，人们种两季；现在农人背井离乡，进城打工，田地大多荒芜，依然在种的，也只是种一季了。我回到家乡，与父亲一起下田。谷雨之后，立夏之前，父亲将要浸种，三日后谷子出芽，五日后谷种播到秧田，三十日后秧苗青青，可以移栽，至多不超过四十日；插秧之后，五至七日，秧苗可以返青，之后将欣盛生长。之后，水稻们拔节，开花，灌浆，结实，直至立秋，谷子成熟，向着大地弯下腰身，等待一场盛大的收割。

中国人的智慧里，有光阴与节气。节气这件事存在的意义，正是让人不要走得太快，走得太急。很多事你急也急不来。现在的人，大多心急，可是只要返回一百年两百年看一看，返回一千年两千年看一看，你就知道，并没有什么可急的。着急赶路的人，不也照样只活几十岁，时间并没有因为你的着急而停滞下来。相反的，你走得越急，时间的齿轮也转得越快，一忽儿就过去，你抓也抓不住它。古往今来的人，他们是怎么生活的？他们是跟草木在一起过日子。

立春的时候赶牛下地，打它两鞭子，吃两个春团；到了惊蛰，听到几声响雷，去林竹园掘几株笋，用咸肉煮着吃；清明的时候，思念一下远去的亲人，看梨花在屋角绽放；小满的时候谷物在田地里抽穗拔节，到了芒种，那就挥汗如雨，把大半年的辛劳都扛在肩上。

节气就是规矩，草木与人，都要遵循这些规矩。父亲守着四时，一年里种一季两季稻，一辈子不过收获几十次、百余次稻谷，已无法再多，光阴不会给你更多的可能。可是你看吧，现在的人什么都要超前，幼儿园的娃娃要教识字，小学一年级要去学奥数，小小的孩子一脸大人的疲劳。这有什么意思呢？草木不是这样的。跟草木在一起久了，你就慢慢变得不那么着急了，你知道急是没有用的，你知道它们会在什么时候开花，然后在什么时候结出果实。没有经受烈日暴晒的瓜果不甜，同时只有经过霜降的青菜才会更加甘糯。如果要享受自然的果实，你唯一需要的就是耐心，然后陪着它们在光阴里缓慢成熟。

和草木在一起待久了，你的脸上也就慢慢有了植物的神情。什么是植物的神情？我可以举一个例子。我认识一位水稻科学家，他是一位博士，一年之中，他的大多数时间都在浙江、海南，以及印度尼西亚的稻田里。刚被农业大学录取的时候，他哭了："妈妈呀，我已经努力读书了，为什么还是要去种田！"后来他分配到了水稻研究所，一辈子种田。我观察他，发现他的脸上有着几个特点：第一个特点是黑，被太阳晒黑的；第二是粗糙，他从来不抹七七八八的化妆品，更不会去整容，或割双眼皮；第三个特点，是似乎渐渐地与这个社会的流行脱节。整个社会都在速效、融资、上市，他还是站在稻田里，手掌抚过一株一株水稻。所以，现在你知道了，草木的神情是一种什么样的神情。他们从草木中间来，风啊，水啊，小桥啊，这是他们熟悉的。他们知道一辈子是多长，从盛到衰要走多远的路，周而复始是什么含义，欣欣向荣又是什么景致。

是的，景致。草木在大地上，大地是静的，草木是动的；草木生长，随风摇摆，而大地静止，亘古沉默。这一动与一静，构成大地上的景致。人也是大地上的草木。人有脚，可以至四方。草木无脚，我们以为它无法远距离行走，但只要时机成熟，它其实会比有脚的野兽走得更远。借助风、鸟，以及其他交通工具，它们可以到达更辽阔的疆域，深远超过人的想象。一粒种子，可以走到三千年以后，给它雨水、空气、阳光，它就可以穿破种壳，长出一株嫩芽。好了，现在你已经知道，草木其实比人有更多的自信。这样说吧，人和草木在一起待久了，他走到阳光下，就拥有了一脸的自信与淡然。

雪丙申夏

村庄从草叶尖上醒来

最先醒来的是鸟。

叽啾叽啾——句句——句啾句啾——嚯哩嚯哩——句句规——句句规。鸟鸣婉转多变，且是彩色的，文字描述起来捉襟见肘，令人着急。

然后是晨光。

然后是水声。

水声哗然，以为梦中下雨。

推门而出，远处的田野和山丘蒙了一层轻纱。

我到田野中间走走。

低下身来，发现所有的稻叶和草叶尖上都挂满了水珠。细密的、圆滚滚的水珠。如果一条田埂上有三万两千五百四十六片叶子，每一片叶子上都有七粒水珠，请问这条田埂上总共有多少粒水珠。

继续数下去，工作量太大，因此我放弃了。

但是我知道，村庄其实是从草叶尖上醒来的。

童　年

稻田里有泥鳅、黄鳝，水渠里有鲫鱼、田螺、泥鳅和小虾。

我们的童年便因此有了无数的乐趣。

田螺是没有人要吃的，农夫从稻田或水渠里拾起，随手扔在田埂上，一晒就死了。就算没有死，走路时踩到，便粉身碎骨。

田螺会吃幼嫩的稻苗，这是为稻除害。

捉泥鳅也是一件趣事。

至于垂钓，可钓黄鳝。黄鳝有洞，有经验之人，用小铁线挂一条蚯蚓放在洞里，就等着黄鳝上钩。

孩子们也钓青蛙。

钓了青蛙，给家里的鸭子吃。

一小袋青蛙倒在地上，四处乱蹦，鸭子追逐，三口两口吞下去。也有许多青蛙就这样蹦入草丛，不见了。

青蛙是益虫，钓青蛙的孩子，上了学，念了书，老师说不能钓青蛙，孩子们便在心里有了负罪感。

在田里钓青蛙的，都是没有念书的孩子。

隐身入禾苗

没种过田的，不知道耘田是怎么回事。

范成大的诗里写："昼出耘田夜绩麻，村庄儿女各当家。"耘田，这是江南农事里的常见活计。但是，没有下过田的，却想象不出，耘田是怎么操作的。

我不记得自己大概是在几岁时学会耘田的，总之，这是父亲教给我的诸多活计里的一样。

父亲说，两腿叉开。

我把两腿叉开，踩在禾苗的间隔里。在我的两脚之间，有两行禾苗。

父亲弯下腰，让我学着做：他把手掌弯成耙状，把每一棵禾苗四周的田土耙一遍。

耘田是水稻种植过程中的重要一环。它担负着扶苗、除草、松泥、拔稗、均匀肥料等诸多任务。通过耘田的劳作，水稻才能茁壮生长。

如果是在旱地里，这就很好理解：耘田就相当于旱地里的松土和锄草。

只不过，在水田中，锄头是不好用的，远没有手指灵活。而且用工具很易损伤禾苗的根系，用手指就不会了。

我和父亲母亲一起下田耘禾，用手指数过一行又一行禾苗。

当我偶尔抬头，会发现自己已经被远远地抛在了后面。远处绿色的稻田中间，只有父亲和母亲俯身的背影，那么低，那么低，一直隐到禾苗的绿色中去。

少不更事的孩童，远远站在田埂上，举着钓青蛙的杆。

乡下的哲学

田埂上栽着毛豆，田边的地里种着玉米和番薯。

农人对土地，从来是珍惜的。他们不能从原理上说清为什么要在田埂上栽毛豆，但这样的栽种之法，却是代代相传。等到毛豆成熟时，他们田里劳动结束，顺手拔一棵两棵毛豆，挂在锄头柄上回家，剥了炒起来，是一碗有滋有味的小菜。

后来我才知道，毛豆会把空气中的氮吸收进去，让土地变得肥沃。这对水稻是有好处的。这也使我想到，乡下的生活，不仅有哲学，也是有科学的。

乡下日子的哲学，不说出来，你在那里过着，就知道了。

乡下日子的科学，也不说出来，你去那里做着，也就知道了。

金雪 丙申夏

水　车

吱呀吱呀，吱呀吱呀。

这声音一遍遍重复，单调又乏味。水车上的人，像走在一条目的地很远的路上。走呀走呀，总也走不到。

低头看看脚下，还在原来的地方。

小时候我不敢爬到水车上去。人小，个子矮，够不着那道横杆。

只是抬头看着母亲，在那里走呀，走呀，走呀。

好辛苦。

水稻从栽下开始，到收割前半个月，都是需要灌溉的。从前乡下，水利条件不好，一口池塘的水，都是大家拼命要抢的。池塘水位低了以后，要用水车车水，或用脸盆，用水桶，用各种办法把水舀起来，使干旱的稻田得以滋润。

所谓“涸泽而渔”，我小时就知道了。当池塘的水被车干以后，什么鲫鱼、鲤鱼都藏不住了。于是大家又纷纷去捉鱼。

水又有多少呢？整个池塘的水舀起来，也没有现在一个游泳池的水那么多。

我还记得，曾深更半夜地拿着脸盆，与父亲在小池塘中，一盆一盆地舀出水来，浇灌饥渴的稻田。

那是小时候的事，月亮光光，蓝辉遍野。一脸盆的水泼出去，无数碎银闪在稻田中，蹦蹦跳跳着消失了。

那样一个少年，在月光下，你有没有遇见。

水车，我在很多古老的农书里都看到过，知道它有着久远的历史，有的地方叫它“龙骨”。

现在已经没有了。

我只在一些展示农具和旅游的地方看到过它，大多已残破，看起来像一条失了精神的“龙”。

农人的四季

早上，父亲挑上水泵，去田间灌水。

田间一角，有一口浅井，十几年前挖的。那时大旱，田畈的小池塘根本供不上大片稻田的用水，纠纷四起。后来不知道是谁想出的法子，在自家田头挖了一口井，用电泵抽上水来灌溉。

于是，好多人的田头也都挖了井。

那井只有两三米深，没有井圈，也没有围栏，杂草四蔓。

水泵接上电，管子里就哗哗地冒出水来。往井里望，看得见井下沙层里的水，如泉一样涌出来。

距井一公里路不到，就是一条河。每年雨季，河水都如黄河一样泛滥，深山的暴雨形成的大水齐集狭长的山谷，一路汹涌奔腾而来，到了我们村这片平原，地势突然开阔，河水便成汪洋，田野有如泽国，水稻全被淹没。

旱了，渴雨；涝了，盼晴。

农人的四季就是这样盼了又盼。

穿过稻田

穿过稻田，穿过河流，那里有我们的小学校。

就在每天上学和放学的时光里，看着田野里的水稻一点点长大、抽穗、开花、结实，然后苍老，穗子沉甸甸地垂下头。

稻子一次次成熟，我们一点点长大。

稻田的小旅行

谁知道呢。

在稻田间走过，每次都可以逗留很久。

蚂蚱、蜻蜓、蝴蝶、鱼、虾、青蛙、水蛇，我很害怕水蛇。只有看见水蛇，我才拼命跑。村里有胆子大的后生，直接抓了水蛇，在水渠边剥皮，说晚上拿回家烧一碗下酒菜。

稻田是一个丰富的世界。

有小雀会在稻田边做窝，也有老鼠会在田埂边做窝。小雀的窝往往才开工不久，只有一个雏形，它却飞走了，留下烂尾楼。老鼠的窝却做得快，到了收割水稻时，我们居然在稻穗上发现老鼠窝，窝里藏着几只红嘟嘟、肉滚滚的小老鼠，眼睛都没有睁开。

长大后，重新回到水稻田，我在稻田间走来走去。

这是稻田的小旅行，这是故乡的小旅行。

我甚至想，是不是可以开发一条稻田旅行的线路，目的地就是我们的稻田。不收门票，你可以随时来。但是，只有心里有美的人，才可以发现它的美；只有不赶时间的人，它才会向你摊开自己的美。

仿佛跟世界捉了一个迷藏

直到晚霞也没有了，田野变得那么宁静。

微风吹来，还有些微的凉意。

还有草香。

我们藏在草丛间，仿佛跟世界捉了一个迷藏。

余雪 乙未·秋

那时我们多么向往长大

每年的暑假都是乡下孩子既爱又怕的时光。爱是因为有一个漫长的假期，怕是因为这是一个忙碌又艰辛的假期。

老家乡下，原来一年种两季水稻。早稻收割、晚稻插秧，都在短短的十多天里完成。即便是孩子，也要跟着大人一起去下田。正是暑热最盛时候，烈日底下，那样繁重的农事，那样起早贪黑地劳作，真是让人叫苦。

父母就会说：你看，不好好念书的话，就只能一辈子这么辛苦地做农民。

每个孩子，都会咬着牙，暗暗想："我以后才不要做农民。"

初中毕业后，我考上了省城的学校，农村户口转为城市户口，终于可以离开农村了。

大路通向远方，我们对远方充满想象。

我依然记得，那些月亮还没有落下的清晨，田间小路都看不清，我们睡眼惺忪地跟在父亲母亲身后，去下田劳作的情景。

那时我们多么向往长大。

秋日田园杂兴

［南宋］范成大

新筑场泥镜面平，

家家打稻趁霜晴。

笑歌声里轻雷动，

一夜连枷响到明。

温暖的稻草垛

夜读《唐寅集》，有诗曰：

寒日茅檐落叶中，弓腰藉地睡朦胧。
难将此乐献天子，梦守南柯戏乃公。
困顿一身炊甑破，萧条万事酒樽空。
青衫尘土苍驴雪，大与年来趣不同。

我想，唐伯虎找不到稻草垛吗？

冬日，江南人家多用稻草垫床。晒过的稻草，新铺的床，软，且有日头之香。很多年，所谓“温柔乡”，我总以为是指那新铺的草床。

乞丐在村中角落露宿。好心人拎一束稻草过去，无一句话，却比什么都好。

天寒地冻之时，小孩子睡觉怕冷，大人也不给他灌热水袋。小孩子敷什么热水袋！

越怕冷，就越觉得冷，这是乡村的生活哲学。

第二天，把稻草晒过，悄悄在孩子的席子下面，添厚一层。

所以，稻草是江南取暖良物，家家必备。门前左右，各立一杆，如旗杆一样挺直。秋日稻草收割过后，一束束梢上打结，支开晒干，挑晴天好日堆成草垛。稻草梢头朝着树干，稻脚朝外，圆周状互叠，一层复一层，一直叠到三四米高。其顶如笠状突起，用两把稻草扎紧，勿使漏水。下雨天，雨水都从四面滑落，湿不进中间。

稻草垛，乡下最蕴含温暖力量的事物。

垫猪栏，就是用的稻草。每日晚间，从草垛中部抽取一束两束，撒入猪栏，让猪们进入温柔梦乡。

猪们吃喝拉撒，折腾一宿，又折腾一天，稻草又脏又湿。于是到了次日晚间，又从草垛上抽取一束两束，撒入猪栏。

猪栏内的稻草，愈来愈厚，这也便是猪栏粪。挑晴天好日，把猪赶到外头，用羊角锄起猪栏粪，起到屋外，堆成高高一座小山。臭烘烘的，却是好肥料。沤上几个月，碎了，种菜、打秧田、排洋芋，都用得着。

起猪栏粪的时候，猪们放风，满地乱跑，那个欢畅。有的，还在稻草垛里乱拱。

冬天一日日过去，稻草垛就一点点地塌陷下去。最后，空了。树干的顶上，孤单单地留着两束稻草。

小孩子对稻草垛天然欢喜。夜晚捉迷藏，藏进稻草垛，人都散了，还不愿出来。真暖和。白天嬉戏，从高坡往下蹦，蹦到稻草垛上，滑滑梯一样往下滑。

“我们坐在高高的谷堆旁边……”印象里，那首歌唱的是，我们坐在高高的稻草垛上面。

云朵一样的稻草垛。

有一夜，顽皮小孩偷玩火柴，把人家的稻草垛点了。熊熊之火燃起巨大红光，干草燃烧的气息传遍全村。

十几年后还是那孩子犯事，偷邻县人家的拖拉机，被抓，关了几个月。

有年冬天，我们家准备要杀了吃的母鸡以为被鹰叼走，遍寻无着。开春时居然自动出现，身后带了一群小雏鸡。它居然是在稻草垛里，做了一个窝。

春日的稻草垛里，偶尔能发现老鼠窝。

一窝小老鼠，个个拇指般大，粉嫩粉嫩，眼睛都没睁开，一边蹬腿一边吱吱叫。

稻草垛，温暖的稻草垛，云朵一样的稻草垛。

日本人有本书《枕草子》，素为我所喜欢，然而它跟稻草并没有什么关系。和稻草有关系的是我们——晚上睡稻草床，晨起喝大米粥，端的是好味。

猪栏粪滋养的高梗白菜、大蒜、甘蔗、西瓜，也都是好味。

甲午初冬

收　割

深秋，晚稻成熟，田野里一片金黄。

秋后的蚂蚱，蹦跶不了几天，但田边的乌桕树叶却都红了。白白的乌桕子挂在树梢，吸引了许多鸟儿，在树上叽叽喳喳。

我们在田野里收割稻子，趁着下雨之前，要把这一季的收获颗粒归仓。

用镰刀把一株株水稻割倒，大概十来株水稻可以作为一个稻把。有经验的老农会顺手一捋，用靠近根部的稻叶将稻把裹一下。这样稻把交叉堆叠起来时，彼此不会纠缠不清，方便下一步拿取稻把。

拿稻把的工作，一般由孩子担当。踩打稻机为稻把脱粒，劳动强度很大，也有一定的危险性，非大人不能胜任，一般由壮年男子操作。打稻者一脚踩打稻机，双手则举着稻把脱粒，一刻也无法离开岗位；孩子则奔前跑后，为打稻者源源不断递上稻把。两人配合默契，则使得工作行云流水。

一个孩子，如果可以胜任踩打稻机的工作，也意味着他“是个成年人了”。

金雲 丙申夏

掼桶脱粒

打稻机，已经是半自动的机器了——中间有一个带钉齿的圆桶状装置，当脚踩踏板时，踏板通过一个机械传动装置，带动圆桶飞快地转动起来。将稻把轻轻置于圆桶上面，钉齿就会把稻穗上的谷粒击落下来。

二十世纪八十年代之后，这种打稻机才逐渐普及起来。

更早些，就没有这个机械构件了，要脱粒，得全靠人力。稻桶——有的地方也叫作“稻栈”——是一个敞口的四方形木桶，人挥动稻把，用力把稻穗击打在桶壁上，把谷粒震落下来。

一九八五年人民出版社出版的《中国古代农机具》一书，写道：“掼稻簟、掼床和掼桶。”古代水稻脱粒，一般都用“掼”的办法。关于掼桶的设备，《王祯农书》上介绍的是掼稻簟。

“簟”，就是竹席。水稻在晒场上脱粒，地上铺较大面积的竹席，席上放置一较大的石块。掼稻者手举一小捆稻，在石块上掼打，稻谷脱落在席上。这样脱落下来的谷粒，不但免为泥土所污，而且可减少损失，扫集起来也比较容易。掼稻簟，又可供晒谷等其他用途。

至于掼桶，书上说："南方收割时往往多雨，田稻较湿，不能把割下的稻株运到晒场上来，就只能在稻田里脱粒。因为稻田地面不平坦，又潮湿，所以农民采取在木桶上掼稻的办法。这种木桶称为'掼桶'，脱落的谷粒积集在掼桶中。"

我从来没有用过"掼桶"。直到二〇一六年秋，在浙江兰溪的梯田里收割水稻，才亲身体验过一次掼桶脱粒——只"掼"了三四个稻把，手臂已经酸了。可想而知，早先农人这样的劳作方式，是多么辛劳。

孤独的农人

为了防止在掼稻或打稻过程中，脱落的谷粒四处飞溅，落到泥土中造成损失，一般会在掼桶上安插一圈围幔，或是竹簟。

“掼稻当凭广簟中，声如风雨露寒蓬。谁知舒卷皆能用，就贮精粮保岁丰。”《王祯农书》上的这首诗，说的也就是“掼稻”的情景。

有的农家壮劳力多，可以合抬一部非常沉重的打稻机。如果只有一个劳动力，必须单独劳作，那就只能用掼桶了。能不能独自背动掼桶，也是衡量一个男人是不是成年的标志。

二〇一六年十一月初，我到浙江的嵊州，在胡兰成老家的胡村，看到田间有一位老者独自在割稻。那是一台可以单人使用的半自动打稻机，看起来比较轻巧。可是，远远看他一个人在田间默默劳作，还是觉得有些过于凄清了。

他手中举着一把稻穗，对我笑了笑，汗水正从脸上滑落。

稻　草

父亲用的那台打稻机，已经有三十年“工龄”。

打稻机极沉，需要两个壮劳力才能抬得起来，我至今也抬不动打稻机。

水稻割完以后，田里空旷了很多。父亲把地上的稻草，一把一把扎起来，立在田间，稻把有点像沉默的武士。

稻把晒干后，再堆成高高的稻草垛。

还是云朵一样的稻草垛。

晒干的稻草用处大着呢，比如说用来铺床，人睡在上面，会有阳光的味道和草的清香。

我的散文《温暖的稻草垛》，有朋友读到后，说勾起他无数关于稻草床的记忆。到了冬天，他特意回到乡下老家，晒了许多稻草，铺了一张暖暖的床。

土地的回报

在深秋的田野，看见收割水稻的人，总觉得这样的收获场景很动人。

所有的汗水都有了结果，所有的付出都得到回报，还有什么比这更令人高兴的呢?

土地总是会给予勤劳的人最慷慨的回报。

金雪 丙申夏

拾稻穗的人

水稻收割过后，真正的农民总是会回身在田间弯腰走一圈，收拾被遗落的稻穗。

只有农民才知道，粒粒皆辛苦，粒粒都是汗水凝结而成。

那么多艰辛都付出了，终于换来收获，岂肯让稻谷白白地浪费在田间。

其实说起来，拾很久稻穗，所得也不过是一碗米饭，可是农人是连一粒米都不愿意随便丢弃的。

国外有一幅油画，叫《拾麦穗者》。麦穗也好，稻穗也好，我相信拾穗的人，其实是在弯腰向土地致谢。

满载而归

小孩子看见大人干活，不知其中艰辛，只是觉得好玩，总是跃跃欲试。

大人也并不怎么强烈地阻拦，想试，就试试嘛。所以乡下的童年，总是会有更多的可能性。

有时在狭窄的田间小道上，看见屁大的孩子风一样骑着自行车呼啸而过。孩子够不着自行车横档和坐垫，都是一条腿站在踏脚上，另一条腿穿过横档，去蹬另一个踏脚。这样骑车，只能踏半圈转轮，可是居然也骑得飞快。

有时也能看到半大的孩子，把一台三轮车骑得滴溜溜地前进，令人佩服不已。

说顽皮也好，说能干也行，总之，乡下孩子常常会在大人不注意的时候，学会很多令人大感惊异的本事。

晚归的田间土路上，眼见一个小姑娘骑着三轮车，运着一车稻草往前行去；她的父亲，也挑了一担稻草，在后面不远不近地跟着。

“爸爸，你快一点跟上！”她说。

“好啊！”他高兴地应着。

总是会想起那样一些黄昏

跑过一个山坡，跑过一座木桥，再转过一大片树林，眼前就是大片大片的田野。余晖把田野涂得一片金黄。孩子们四散开来，在田野间奔跑。布书包软软地拍打着屁股。跑一阵子，他们张开双手，扑进草垛中，打几个滚，就那样躺着，看天空，看飞鸟，看流云和飞机。

直到挑着担子的老农路过，孩子们才会忽然惊起，然后想起回家这件事，于是他们接着在田野里飞跑。

跟怎样的人打交道，就会慢慢变成怎样的人

有人开始学着做生意，慢慢就变得跟生意人一样精明；有人跟着包工头去打工，老是拿不到工资，慢慢学会了跟人吵架；有人整天拿着旧书本在窗子前读，后来就总是说一些大家都听不懂的话了。

整天跟水稻打交道的人，慢慢就会变得跟水稻一样沉默。整天种番薯的人，也会变得跟番薯一样敦厚。水稻和番薯不说话，它们只会用行动来表达。农人跟水稻、番薯、泥土、野草打交道，不用猜忌、吵架、戒备、留一手或大打出手，他们心地坦荡，直来直去。与此同时，水稻、番薯、土豆、玉米以及别的庄稼们，它们一起默默生长。农人对它们付出多少汗水，它们就用多大的收获来回馈。

晾晒谷子，就像翻阅一本书

现在，所有的收获都摊开在面前。一担一担的稻谷，携带着稻叶的阵阵清香，夹杂着仓皇失措的小甲虫，一股脑地倒在晒谷场上。我们要用竹耙把谷子摊平，在日光底下晾晒。这样的晾晒一般要三到四天。当太阳热烈地照耀着大地，我们需要每隔一段时间就去翻动稻谷，使稻谷摊晒均匀。翻动的过程就像翻阅一本大书，每一粒稻谷都是文字。

晒场上摊开一本书，怎么读也读不完。

甲子秋

收割后的田野

真是无法想象，现在城市里的孩子生活竟如此单调，出了学校就是兴趣班，很少有其他课外生活。其实，这样只能学到知识，却无法获得珍贵的体验。而体验是比知识更重要的东西。

那时候，田野在收割过后就成了孩子们的乐园。短短的稻茬，广阔的田野。在田间奔跑，游戏，玩闹，即便是一个人，也可以对着一只蚂蚱玩上半天，或者用草茎折出不同的小玩意儿来。

稻田是一个丰富的世界，人在那里，怎么会单调呢？

暧暧远人村

“暧暧远人村，依依墟里烟。”一个村庄里四处晒满收成，是一件令人感到安心的事。如果骑着自行车在村庄里游走，就会发现但凡平坦一些的地方，都摊晒着金黄色的稻谷。

从前村庄里没有水泥浇筑的晒场，农人都是用竹簟摊晒稻谷。后来有了水泥地面，就把稻谷直接晒在了水泥地上。有了水泥硬化的马路，图省事的农人就把稻谷摊晒在道路上，四角用石头一堆，就圈定了地界，汽车、摩托车、拖拉机，见了这样的晒场，都要小心地绕过。

要是有管公路的人前来劝阻，农人会两手一摊：“你的马路闲着也是闲着，不如借我用上几天。”

丙申初夏

蹑手蹑脚的人

竹簟是竹子打成的，筛子也是竹子打成的。竹簟用的年数长了，免不了边边角角就破了，翻出了毛边。要是收割之前没有约到篾匠师傅来修补，农人也就只有将就着用。现在竹簟也是少见了呢。

爱护竹簟的农人，总是要赤脚走上竹簟，还要小心地避开竹簟下面的小石头。如果一不小心踩在小石头上，因那地方不平整，就会把竹簟上的篾条踩断，破出一个洞来。赤脚走在竹簟上的人，就好像走在舞台上一样蹑手蹑脚。

父亲赤着脚，小心翼翼地蹲下身来，捧着竹筛筛谷子。

补竹簟的篾匠师傅，已经在村庄里消失好多年了。

太阳落山，露水还没有冒出来

竹簟底下，总是会湿漉漉的，藏着一片露水。每天傍晚，在露水冒出来以前，我们要把谷子收起来。第二天，等到太阳一照，露水消失，我们再把谷子晒出来。

露水到底是从哪里冒出来的呢?

金雷 丙申夏

月亮地里

免不了有忙碌的时候，来不及赶在太阳下山前把稻谷收好。白白的月亮地里，收稻谷的人像在演着默剧——默默地忍受辛劳，默默地施展手脚，完成这项劳作。在晒场上，远远地，只能听到扫帚的声音清晰地传过来：唰——唰——唰——

金雪 乙未秋

好天气求之不得

好天气求之不得。烈日下面连续晒上三四天，谷子就干了，就可以风谷、收储。最后一晒，几乎是在晌午后就开始收储，这时候谷子吸饱了阳光，更为干爽。

风车是一种古老的农具，不得不佩服先民们的智慧，他们可以创造出那么灵动又实用的工具。随着风叶摇动，气流就把空瘪的秕谷吹到了风口，而沉甸甸的谷粒就落下来，落入了箩筐中。

风车上往往写着几个字，“去浮存实”“川流不息”。去浮存实，不仅指风谷这一道工序，更是鞭策做人之道；川流不息，则寄托了农人对丰收的美好希冀，希望风车里那金黄的稻谷像河流一样淌下来，好日子源远流长，没有尽头。

金雪
丙申初夏

风车的秘密

对于孩子们来说，风车可以说是一个大玩具，或是乡下“科技博物馆”里的一个展品。孩子们转动摇把，窥视其间的秘密。如果快速地摇动风把，而你正好站在出风口，大喊一声，那一声就被风声吹远了。如果大声地说出一句话，其中有的字词就被风吹散了，七零八落；有的字沉甸甸地落了下来，而有的字因为轻飘，就像空瘪的秕谷一样被风吹走了。

丙申初夏

称稻谷

读了太多的书，我的肩膀已经无法承受更多的重量。和父亲一起将稻谷过秤，父亲总是会悄悄地把重量往他那边移。

乡下的童年

我常想，一个孩子，如果童年能够在乡下度过，能和大自然亲密地接触，经常与草木山野、飞鸟昆虫打交道，那是多么幸福的一件事。

他会在与大自然的接触中，学到珍惜周遭事物，学会万物平等，学会用心去体会万物生长的规律。

不管他将来长大后从事什么职业，是在城市还是在乡村生活——这样的乡村经历，对他来说都会是一笔宝贵的财富。

大自然慷慨地教会他很多东西。

田野是一本读不完的书，乡野的草木虫鱼，乡下的小伙伴，每个人，每样物，都是一本读不完的书。

悠远的歌

如果一个孩子站在田边，望着辽阔的大地出神，请不要去打扰他，就让他那样发一会儿呆吧。

有的时候，一个人独处所获得的东西，比一群人在一起所能获得的要多得多。

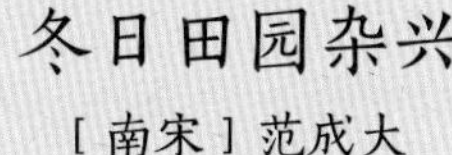

冬日田园杂兴

［南宋］范成大

榾柮无烟雪夜长，

地炉煨酒暖如汤。

莫嗔老妇无盘饤，

笑指灰中芋栗香。

静静地吃一碗饭

看日本电影，他们在吃饭前都会双手合十，说：“开动喽！”一朵问我为什么要这样做，我想了想说：“这样说一句，是提醒米饭做好思想准备，免得‘啊呜’一口下去，米饭要被吓到了。”

清晨翻《日日之器》这本书，看到里面说：“吃饭前先说声：‘开动！’表示对稻米与农夫的敬意。这是从日本人以米为主食的习惯中产生的用语，隐含了生活的严苛与温暖。每粒米，都蕴含自古至今所有农夫为了种稻而费尽心血的智慧，每思及此，都让我想静静合掌，表示感谢。”

中国人相信，米饭是有灵性的，小时候一粒米饭掉落地上，老人绝不允许踩到它，而是会小心翼翼地拾起来，丢给鸡吃。遥远的甘肃，一位姓韩的朋友也说，小时老太太不让孩子剩饭，说碗底有金银。稻穗遗留在收割后的田间，也是不被允许的事。

我本以为，只有中国人才是这样，因为大家经历过一场又一场的饥荒，然而，这并不仅仅是饥饿记忆的后遗症。相信稻米有灵，不仅是中国传统文化的一部分，而且在以稻米为食的许多地方，都对稻米有着同样的尊重。《作为自我的稻米》一书中写道："柳田指出，在所有的作物中，只有稻米被相信具有灵魂，需要单独的仪式表演。相反，非稻米作物被看作是'杂粮'，被放到了剩余的范畴。"

例如日本人，依然有一些习俗流传，突出稻米的神圣性。"如果某人踩到了稻谷，他的腿就会弯曲。如果用餐者哪怕把一粒米饭留在碗里，眼睛就会失明。"这也是《作为自我的稻米》里面提到的禁忌，对稻米失敬的人，将会得到相当严厉的惩罚。这样的惩罚，相信千百年来并没有人真正地应验过，然而，它依然对人们的行事起到告诫作用。

稻米的地位很高，在我的记忆中，乡下曾有一种迷信活动：如果有哪个孩子受到惊吓，晚上孩子入睡后，就由大人盛满一碗大米，用手绢包裹，拎在孩子头上转三圈，说些"宝宝不怕，宝宝回家"之类的话，然后把米碗放在孩子枕边。第二天，小心把米碗摆正，可能会出现一边缺角或是几粒米竖起来的现象。有经验的人从中就可以得出结论，孩子是在哪个方位被什么东西吓着了。

现在破除迷信，这样的占卜祛邪之事，已然没有人做了，怕是不久也会失传。但中国人的问题在于，什么迷信都破，破了以后，很多人就什么也不信了。信，是一份约定，一丝敬畏，一种从内心里生长出来的做事规则。现在的人们，好些时候什么都不再“信”，也就什么都不怕了。不要说碗里剩几粒米，脚下踩几颗饭，就算是把有毒大米拿出去卖，在被抓进牢狱之前也照样可以喜气洋洋。

这是扯远了。然而对于米饭的尊重与敬畏，只有真正挥汗如雨的农夫，才有深刻的体会，并且把这种尊重与敬畏，延续到日常的生活当中。我的父亲，一介农夫，每一次在碾米的时候，都会极其认真与慎重，从不提前许多天碾米，而是吃多少，碾多少。听他说，只有这样，才能保持大米的新鲜口感。平时，是把谷子储存在大型的木质谷仓中。

书上说：“在日本文化和稻米作为主食的其他文化中，一个观念认为，每一粒稻谷都有灵魂，且稻米是生活在稻壳中，这是赋予稻米的一个基本意义。例如，传统上消费前会慢慢地脱粒，以防止稻米失去灵魂；稻谷不久就失去了生命成为‘陈米’。”

现在，不管是日本人还是中国人，大概都不会相信稻米具有灵魂，或是什么谷壳包裹之下存在着稻米灵魂这样的事。但是直到今天，父亲依然延续少量碾米的习惯。有人在网上下单购买我们家的“父亲的水稻田”大米，父亲都会头天傍晚才碾米，第二天一早把大米快递出去，还要叮嘱我说：“记得告诉人家尽早把大米吃掉，不要存太久。”

前段时候，有一个“米饭仙人”流传很广。说的是，在日本，有一位叫村岛孟的老人，在“煮饭”这件事上有着极深的道行——他将毕生心血倾注到做好一碗白米饭之中。这位老人童年身经战火，亦曾无家可回，流离失所，最艰难的时期，一度流落至捡面包配杂草充饥度日。那时他便认定：“能吃到一碗热腾腾的白米饭，就是人生幸事。”也就是这样，后来他把一生都用来追求最简单质朴的幸福。人的生命很短暂，人也是非常渺小，他从一碗米饭里，能够看见人与幸福的本质。所以，他才一直坚持，用灶台煮出最好吃的白米饭。

一个一辈子煮饭的人，一个把饭煮得很好的人，在日本可以得到崇高的荣誉及尊重。这样的故事，令人感动。同样，日本还有一位达至“国宝级”的人物，是一个保洁工。这位叫新春津子的保洁员，是在东京羽田机场工作。她的父亲，是“二战”遗孤，日本人，母亲则是中国人。在她十七岁时，全家迁往日本生活，那时她一句日语都不会说，总是被周围的人欺凌，对她恶语相向。从高中毕业开始，她就只好做起清洁工。没想到，搞卫生就此成为她一辈子的工作。最终，她凭借自己的努力，取得“日本国家建筑物清洁技能士”的资格证书。她能对八十多种清洁剂的使用方法倒背如流，也能快速分析污渍产生的原因和成分。现在，她上了电视，成了明星。她也出席演讲会，甚至还出了书。更令人意外的是，居然还有人专程跑到机场，对她说：“您辛苦了。”

要我说，这样的故事，说来还真是平淡，一点波澜起伏都没有。可是，不知道为什么，听起来却有惊心动魄的力量。

这让我想起，静静地吃一碗米饭，是一件多么平凡却重要的事。

一碗米饭，就是一份约定，一丝敬畏，一种从内心生长出来的做事规则。人奔走一辈子，能静静地吃一碗饭，跟静静地做一件事，都是十分值得感恩的事情。

晨　霜

天气一天天地凉下去，稻田收割过后，就到了寒露、霜降。

清晨，枯黄的草叶上渐渐地有了霜。

板桥上的冬天

小时在乡野生活，初冬时节，似乎每一个清晨都是踏着铺满白霜的小路去上学。走着走着，会经过一座长长的板桥，板桥上也铺着一层白霜。

“晨起动征铎，客行悲故乡。鸡声茅店月，人迹板桥霜。”这是唐代诗人温庭筠的诗意，行旅之人清晨上路，披星戴月，霜晨寒凉。我们上学经过的那座板桥，共有九节，长长地跨于河水两岸，约莫有百米之距，板桥上的一层白霜往往吓阻我们前行的脚步。

霜落在板桥上，是有些滑的，小孩子总是担心一不小心落入水中，于是往往在桥头徘徊。遇到早上荷锄下地的大人，亲热地叫一声叔叔伯伯，于是被他牵住手，一前一后地过了桥。

那河水不深，最深处或可没成人的膝。河水在板桥之下无声流淌，水面仿佛浮着一层隐隐的雾。

早起的狗，也跟在荷锄的大人身后，脚步轻盈地过桥。

等我们过了桥，走远了，再转身，便看见大人的身影已经远去，隐入一片苍黄的大地中去了。

乙未初冬

土地的秘密

冬天到来之前，要做的农事很多，比如收番薯，收芋艿。

收番薯是富有惊喜感的劳动。它不像收稻谷，金黄一片，三亩土地的阵势就能把人吓唬住，挥汗如雨地劳作，一点一点考验人的耐性。也不像收橘子，把所有的收成都袒露在面前。番薯，藏在泥土里，像土地的秘密，一镢头挖下去，一窝番薯活蹦乱跳地跑出来。

一担担番薯挑回家去，收储起来。一担担的芋艿也挑回家去，收储起来。

乙未秋

温暖的稻草

稻草、柴火，都要多储藏一些。天气好的时候，村民上山去砍柴，遥远的山里会传来说话声、唱歌声。太阳西斜，大人挑着一担柴，走在弯弯的山道上。到了家，卸下柴担，擦一把汗，变戏法一样掏出一兜红山楂，或一串野柿子。

小孩子则抱一堆稻草，去给鸡鸭垫一个暖暖的窝。

田野里

田野里渐渐地归于一片沉寂。

门外的风景

孩提时候，就这样对着门外的田野，可以坐一天。

只是看着几只鸡，在稻田里觅食，来来去去。

乙未秋

秋水已瘦

秋水已瘦，村庄边上的小溪变得浅浅的，水边的芦苇早已白了头，大山里的瀑布渐渐地变成了涓涓细流。

金雪 乙未·秋

渐渐地离开了村庄

村庄里的孩子，在这样的四季里行走。一转眼，就小学毕业了，然后他们离开村庄，去十几里、几十里外的县城上中学。到了县城上中学，就很少回到村里来。

村庄的黄昏

一

父亲把屋檐下的打稻机搬出来。这手续颇有些复杂：先是去除攀结的蛛网，然后卸去覆盖其上用以遮蔽的石棉瓦及草束，解开缚角的绳子，再缓缓放平。一身的灰，不管是父亲还是打稻机。

那是一架历史悠久的机器，半个多小时后父亲用布擦去厚厚的灰尘，灰尘下面的字迹便浮现出来：前面是“颗粒归仓”，左面是“一九八六年”，后面是“五谷丰登”，右面是“周全仔办”。这些都是青年农民周全仔——我的父亲——的笔迹，当年他从公社农机厂用平板车拉出这架崭新的打稻机，回家的十几里路花了他整整半天时间。路不是很远，打稻机真的太重。那是一个大家什，那时整个生产队三十多个农户只有三架打稻机。

农机厂厂长叫傅克昌，昌盛的昌。父亲一边用水擦洗打稻机上的灰一边和我这样说。二十八年前的父亲咬牙买下这台打稻机，在整个村庄都是非同小可的事情，一百五十元的价格还是有人情的因素在里面：厂长傅克昌和父亲关系不错，那时父亲是乡电工，认识的人不少。厂长专门用杉木板做的打稻机谷仓，若用杂木做，不仅死沉，而且不耐用。父亲为什么肯花一百五十元钱置办一台打稻机？因为种田季节不等人。生产队的打稻机不够用，一家一户轮着借一天都不行，每年总有几户落在后面。

四亩多田每年要交四百多斤公粮、一千四百多斤余粮。公粮是一定要交的，你不交，当兵的人吃什么，公家人吃什么？余粮也是一定要交的，国家粮食紧张。交余粮，国家是给钱的：一百斤稻谷九块五。卖一千斤余粮，国家也不过是给你九十五元；卖两千斤稻谷，换不来一台打稻机。那时猪肉是八角钱一斤，你想想看。

有了打稻机的青年农民周全仔在村庄里是一个吃香的人，总是有人来跟他借打稻机。借打稻机的人排着队上门，他们商量好了各自收割的时间和插秧的时间。他们把时间用得密不透风，当然也滴水不漏。

现在父亲把屋檐下的打稻机搬出来。因为再过一天，水稻就要收割了。

打稻机后面有两根突出的木头棒子，就像打稻机的尾巴。我小时候跟这两个棒子有着深厚的交情：两个大人在前面拉打稻机，我们小孩在后面推，满仓的谷子沉沉的，不推它，打稻机自己不会走的。小孩有多少力气自是不能知道，但只要你推了，那也是在有劲往一处使。几个人一起使劲让打稻机在稻田里前行，这样的时候应该有风在空旷的田野里吹起来，那是很快乐的时候。

稻谷的收割是一件并不轻松的活计，跟插秧比起来，割稻简直是一件痛苦的差事，它是强体力劳动。同时，稻叶会在手臂上割出浅浅的血痕，不痛但是很痒。长时间的弯腰挥镰割稻也使人感到疲惫至极。一边脚踩打稻机一边手捧稻把脱粒更是一件技术活。奔前跑后“落窝怕”（方言，意思是“搂稻把”）则是孩子们的事，乍看起来颇为轻松，实则也十分累人。所以，在这样繁重而辛苦的劳动中，推打稻机，都成为一件值得期待的事——推拉，用力，滑行，停落——这是繁重的割稻劳作中的调剂：腰可以直一直，头可以抬一抬，看一眼远方，感受一下风。

好了，这跟打稻机的尾巴有什么关系？

关系就是：在打稻机快速滑行的时候，我们可以快速地站在那个棒子上，随着打稻机一起滑行。

冒着被呵斥的风险，偷偷地站上去，三秒钟，或者五秒钟，飞翔。

在父亲弯腰为老旧的打稻机上润滑油的时候，我弯腰查看那两根尾巴棒子：上面还可以看到脚丫子泥印。那三秒钟或者五秒钟，真的很快乐，比现在玩上一整天的游戏还要快乐。

一九七九年是一个很有意义的年份，那一年发生了很多大事，第一件大事是中美正式建交，很快邓小平访美，那是新中国成立后中国领导人第一次访问美国。在那之后，对越自卫反击战开始。还是在那一年，国家领导人万里到安徽省凤阳县农村调查，肯定了那里的农民顶着掉脑袋风险尝试的“大包干”制度。

那些遥远的事件如同一只只蝴蝶穿过电脑屏幕飞抵眼前，时隔多年了，那些缥缈而宏大的叙事离我实在太远，它们并不存在于我的真实记忆当中。对于我那偏居浙西农村的父亲来说，那一年同样有意义。与那些遗留在历史上的年度大事相比，在他记忆中最为深刻的事件是关于自己的小事——在那一年的九月份他参加了工作，在一个叫作“五联村”的中国最基层的行政村里当了一名电工。

父亲一辈子都在朝着一个目标努力：脱离农民身份。我现在这样说来恐怕不太准确，对父亲也是不公平的，但现实是，不管在当时还是现在，没有人会认为做一个农民是件值得自豪的事。哪怕父亲在“当农民”这件事上做得很成功，那也是他不得已而为之。

在去年夏天的一个夜晚，父亲向我讲述那些陈年旧事，我打开电脑，记录了父亲说的那些话。

父亲周全仔，高中学历。他高中毕业的时候，已然成为村庄里的佼佼者，因为全村一千三百多口人，总共只出了三个高中生。

于是父亲担任了生产队的总会计，兼全村的会计。会计干什么？就是给生产队记账。队长说，今天大家割红花草，那么大家就一起割红花草，割了要称，称了要记。父亲在生产队的账本上用蘸水钢笔写下清晰的蓝色字迹：×月×日割红花草，××（人），××斤。

村口有一棵老柿树，无人知道那棵柿树长了多少年，只知道每年的深秋，满树火红的柿子会成为村庄里最耀眼的风景。在霜降之前，这棵柿子树上的果实会被村里的男人们统一在某天采摘。男人们纷纷爬上高高的枝丫，一竹篮一竹篮的柿子被吊下来。会计拿着账本站在柿子边上，一担担过秤，一担担记录在案：一共摘下十二担，这担二百斤，那担一百八，总共两千斤。整个生产队是一百三十口人，不论老小，一个人头分得十几斤柿子，一家一户的人端着脸盆，拿着柳筐在等着分柿子。

村会计就是这样，一个相当重要的岗位，一个务必要知识分子才能担当的工作。会计很忙，几乎跟生产队长一样忙。每天晚上生产队长要为每个队员安排工作，明天张三干什么？挑粪；李四干什么？挖渠；王二麻子干什么？走三十里路去集镇抓两头猪崽。一日一日地排，整个生产队的工作安排都整整齐齐地排列在生产队的账簿上。挑了粪，挖了渠，抓了猪崽，摘了柿子，割了红花草，每天晚上大伙都会集中起来，由会计记下他们的工分，然后大家纷纷在账簿上严肃认真地戳上红指印。

积极上进的父亲还发挥所长给县广播站投稿。他确实是一个知识青年。他写的稿子在村头的大喇叭里播出时，他感到兴奋异常：

“我写写村里的油菜啊，小麦啊。这些农作物的管理，抓得好，我写写。村里的老支书，德庆，就是你小学老师刘芳益的爸。德庆四十多岁。我写好，念给他听。有些情况要问他。数字也是他提供的。

“比方说，我写：八月八日立秋，五联村全村早稻面积一千五百亩，生产队员群情振奋，鼓足干劲，多快好省建设社会主义，栽禾完成又快又好，栽下去的禾已经绿油油，正为社会主义事业添砖加瓦。

“写好了，到村支书家盖个章。就寄到广播站去，还不用贴邮票。那时没什么宣传，只有广播。家家都有广播，村口也有广播。我写的东西播出来，感觉还是很好的。

“一篇稿费一块多钱，最高有三块。一块五六，就抵得上农村做三天事。农村每日分红只有三毛至五毛。出工，记十个工分。

“一年下来，能播出个两三篇。”

说到这里，我头发花白的父亲露出自得的神情。我想了想，父亲当年比我现在的稿费标准高得多，我只好在心里暗暗惭愧一下。

一九七九年，村里有了电，电灯泡亮了起来。有了电，还需要找个电工，收收电费，修修线路。这是一个比当会计更有前途的事业。我大字不识一箩的爷爷是村里的老党员，村支部开会的时候，他深思熟虑地提出：“这个电工让我崽来当行不行？”支书向大家征求意见，经过党员们的讨论，这个提议得以通过。

毕竟父亲是村里为数不多的高中生，文化程度高，他写的稿子还在广播里播出，他完全有能力管这个电，这一点毋庸置疑。果然，后来父亲又通过考核，成了乡一级的电管员，每个月的工资是二十七元五角。作为乡电工，父亲每个月都要走很多路，到每个村去，把村电工手上抄的电表数字核对一遍，再把电费一元一角地收上来，统一上缴。父亲是三里八乡颇受欢迎的人：谁家的灯泡不亮了，找他；谁家的电灯拉绳断了，也是找他；谁家要拉根电线，安个灯泡，还是找他。也没见谁要安别的东西，灯泡，已然是最高级的家用电器。

黑白电视机，还要十多年以后，才会在我们村里出现。

但父亲依然是一个农民。忙完了与电相关的工作，他还是要回到家里下地，一件接一件的庄稼活儿摊开在土地上，等着他和母亲去完成。因为与电相关的工作太多，常常田里的水稻已经黄透等待收割，耕田佬安排翻耕土地的日程已经逼紧，绿油油的秧苗又迫在眉睫赶着插下，而父亲还得抛下自家田间的事儿往外赶，母亲不得不说一些牢骚话，但那也没有办法。

年少的我学着大人的样子站在打稻机前，一只脚踩蹬着打稻机，两只手捧着一把稻穗，稻桶里谷粒纷飞，我早已汗流浃背。那时的我只比打稻机高了那么一点点。在我的边上站着母亲，她要用更大的力气踩踏打稻机，以减轻我的负担。弟弟则举着稻把在泥巴里奔走“落窝怕”，一次次把沉沉的稻穗举过头顶递给我们。

辽阔的稻田和做不到头的活计令人绝望。

更多的时候，我们和父亲母亲一起躬身在田间。四季中与稻田相关的劳动周而复始，烈日与汗水就这样裹挟了我们的童年。

但这是后来的事情了。

让我们重新回到一九七九年。那一年的一月和二月，周杰伦、佟大为、邓超、章子怡相继出生。那一年的农历九月，我出生。

我坐在父亲身后，摩托车突突地响着，寒风凛冽。

小时候我坐在父亲的自行车上，父亲就这样载着我们，我已经不记得多久没在父亲的身后这样坐着了。

路边的人，看到父亲，会和父亲打招呼。第一句：“去哪儿啊？”第二句：“这是你崽啊？”

父亲单脚踮地说：“是哎。”

“你崽这么大了啊。很多年没有看见了，完全认不着了啊。”

“是啊。一直在外面读书，你们是认不着了。”

“现在是在杭州上班吗？”

“是啊。”

我于是想起，童年的时候，父亲把我们带出去做客、拜年的情形。也是这样认人，叫这个叔叔，叫那个伯伯。而现在，那些叔叔伯伯，面孔依旧是陌生的。村庄里全部都是陌生面孔了。

我三十多岁，离开村庄已经多年。乡村风景，及小时候熟悉的草木，已然变了模样。村道上来来往往的人，更是早变了模样。

过了一会儿，父亲扭头问我：“刚才，路上有个人骑车过去，是你小学同学。你不认得了吗？”

我说：“哪个？”

父亲说了一个名字，我绞尽脑汁，没有想起来。

这是前年冬天的事，父亲带着我去寻访村庄里最后一位“耕田佬”。我是什么时候开始对种田这件事感兴趣的，父亲其实并不清楚。小时候我们在田间挥汗如雨，父亲总是对我们说，你看，你们是不是应该好好读书，考上学校，就能不当农民了，不受这个苦了。

后来我就真的考上了一所中专学校。我的成绩不错，在全县排名第一，为父亲挣足了面子，至于我自己，当然，我也倍觉荣光，同时深感欣慰。那年暑假我们家请了几桌大酒，中学老师和小学老师被父亲请到家，一一敬酒表示感谢。那时候中专比高中录取分数线还高，考上了中专就要转户粮关系，我的户口被拨出去，从此我就成了一个“居民户”。

那年暑假，很显然，父母都尽量不让我下田了。

父亲当了多半辈子电工，最终没有成为一个“居民户”。风水轮流转，父亲没实现的理想居然让儿子给稀里糊涂地完成了。老实说，读书对我来说不算太难，相比于田间的那些事儿，读书已经容易太多。两相权衡，我只不过偷懒了而已。至今我都无法挑起重担，百斤的担子我死活都挑不起来，并不是没有多少力气，而是我的肩膀骨头突出，扁担压上去，疼，真疼。

现在这个儿子突然对种田有了兴趣，父亲不甚理解，但是他很尊重儿子的兴趣。他用摩托车载着我去找耕田佬，听耕田佬聊聊耕田的事儿。儿子喜欢写东西，这不是什么坏事情。

那个耕田佬叫马岳云。

马岳云的父亲叫马如德，已经八十岁。在分田到户之前，马如德曾当了几十年的生产队长。生产队长掌管着村里的畜牧场，畜牧场里有几十头牛。马岳云从十多岁开始，成了放牛倌。从一定意义上说，马岳云当放牛倌也有得天独厚的优势，谁让他的父亲是生产队长呢，这一点权力总是有的。

马岳云就这样跟牛处了一辈子。

牛群，漫山遍野散落的牛群。马岳云与牛朝夕相处，没人比他更熟悉牛脾气了。现在他已经五十五岁，有着一张因长年劳作而被晒得黧黑的面孔，脸上的皱纹也已很深，我给他递烟。这个中年人是现今村庄里唯一还在用牛耕田的人，在我看来简直是非物质文化遗产。但是他向我抱怨着他的工作没有价值，太辛苦，又赚不到钱，现在连田都没有人种了，还要犁田佬做什么。

他说的是实情，现在村庄里确实连田都快没有人种了。

这二十年，差不多全村的壮年劳力，都进城去打工了，一半以上的农田被抛荒。那些尚未抛荒的农田，主要是靠老人在耕种。

年轻人呢，村里哪里还有年轻人。年轻人是一种候鸟，只在过年的时候飞回来。年一过完，又迅速地飞走了，飞得一干二净，飞向温暖又美丽的城市。

所以水稻田在快速地萎缩，那些原先种植两季的水稻，现在仅种一季。原先除了种水稻，还要在水稻收割后种上小麦、油菜、萝卜、紫云英，水田里一年四季变换着不同的颜色，鲜艳夺目，内容丰富，现在很多时候只生长一种植物——野草。

还有些水稻田通过土地流转的形式，承包给农业大户，种蔬菜、苗木、养鱼。承包期五年、十年，或更长时间。一亩田一年的租金，一百元到三百元不等。拿到这笔钱，没有了田的田主人就像城里人一样去买大米吃了。不种田的日子，农民们纷纷去县城打工。去建筑工地上做临时工。出卖力气挑沙子，一天能挣一百三十元，而靠种田，仅能维持温饱。想从土里刨出钱来几乎是不可能的。

想通了的农民，就这样离开了土地。

村里原先有六七十头耕牛，耕田佬穿着蓑衣行走在烟雨朦胧的田埂上。那是春天，是我从课本里知道的春天，是从唐诗里知道的春天，但更多时候，是我从村庄的耕田佬身上看到的春天。

现在耕田佬像约好了一样从田埂上消失了，只剩下一个马岳云，又疲惫又艰辛，赶着一头牛，扛着一架犁，走得有气无力，自信心相当不足。

如果不是家里那个淘气的儿子，他也早就从田埂上离开了。哪怕是去打工，也比耕田要强得多。

他说的那个淘气的儿子，已经三十多岁，经常跑出去，用石头扔人家的瓦背，或者躲在哪个山头的角落里淋雨，或是爬上一棵大树，从早晨一直待到黄昏，直到他的父亲像玩捉迷藏一样把他从枝繁叶茂的藏身之处找到。

我和父亲还有马岳云一起，在村庄的黄昏里坐着，目光望向屋外的田野。我的父亲给另一位父亲递烟，打火机点着了烟，我们就这样默默地坐了一会儿。

二

“× × 死了。”

母亲说了一个什么名字，我没听清。我离开家乡读书工作，一年中回村的时间屈指可数，村人面孔依稀有些记忆，但能叫上名字的则实在不多了。母亲又说了一遍，那名字好像听过，但想不起人是怎样。母亲又说：“那年夏天，他的孙女被汽车轧掉了一只手臂——你记得不？”

我一下子记起来：“他，怎么突然死了？”

“喝农药死的，喝了两瓶草甘膦，还有一瓶开了，没喝下去，喉咙和舌头都被药水烧焦了……真惨啊。”

五年前的夏天，他家才两岁大的小孙女，刚刚出过车祸不久，全家人仍笼罩在一片挥散不去的阴霾之中。

年轻人远赴城市打工，年幼的孩子就扔给祖辈抚养照料，这多常见的事。祖辈大多缺知少识，娇着宠着，由之顺之。爹娘没在身边，许多孩子就顽劣了，长成歪脖子树，这几乎是无法避免的。

我们村也是这样。村口的代销店，是村中闲散人员的集聚地，每天从早到晚人声鼎沸，无他，就是赌博。这些生活拮据、油水贫瘠的乡人，不知道从哪里来的勇气，会驱使他们从衣缝角落里抠出额度令他们几乎难以承受的金钱，轻易地扔到赌桌上，直到输光了一个月甚至半年的辛苦劳作之后，他们才会灰头土脸地离开。

但他们不会吸取教训，等到口袋中好不容易又有一点闲钱的时候，他们照样会把钱扔到赌桌上来。这足以使我误认为，这些人在生活中的抗击打能力是超强的，似乎命运的任何灾难都无法击垮他们。

那对五十多岁的老夫妇，每天都会带着两岁的孙女去代销店里玩，实际上，他们是去观战赌局。那里的赌局风云，简直就是乡村平庸日子里的好莱坞大片，刺激着每个人的眼球和神经，同时也像吸食鸦片，让人欲罢不能。即便只是观战，也不例外。

就在一场扣人心弦的赌局进入高潮的时刻，悲剧发生了，一辆满载的货车从公路上驶过，而独自玩耍的两岁小女孩踉踉跄跄地迈向了公路中间。

小女孩在她的人生刚刚开始的时候，失去了她的右臂。

从赌局中回过神来的祖父母发了疯一样冲出门外，但已经无济于事，他们已经永远地失去了剩余人生里的所有欢乐，以及儿子、媳妇一家人——他们把受伤的女儿带走了，再不愿回到这个家；也许儿子不会恨父母，但无法原谅他们，这个家庭再也无法回到虽然清贫但仍显和睦的昨天了。

我听到这件事时非常难受。

我想去探望一下他们，但我的父亲表示反对。父亲说他们正处于这种时候，我去了说什么都是多余的，只会让这种悲痛加深。

出事后，我曾远远地看见那个老男人，那个身材高大、胡子拉碴的人佝偻着身子坐在阴影里，像一具被抽走灵魂的枯骸。

他说，他已经无法再补偿给那么小的人儿一只手臂，如果可以，他宁愿把自己的给她。

在那之后的几年，我都没有再见过他。当然我知道，那个男人还在村子的角落里活着。我以为时间会埋葬掉曾经的悲伤，一如那些输个精光却仍然会从头再来的赌徒们，生活的打击不过如此——逆来顺受惯了的农民，从来自有一种思维去解释和接纳它，并且把它作为自己命运里理所应当的一部分。

但终于，在事隔多年以后，命运还是一并清算了他。

他自杀了。

村民传出的消息，说他在临死前已经安排好一切。他年纪大了，身体每况愈下，春天准备好的五斤谷种，都无力播种到田间了。出事前的几天，他的老婆还跟他吵了一架，据说她经常骂人。两年前他去一家工厂守大门，存下两万块钱，至今一分都没用过，是交给儿子的，算是对小孙女的补偿。

然后他洗了个澡，去曾经是赌场的代销店买了五瓶草甘膦——那是一种效果显著的除草剂。喝下去之前，他还给远嫁的女儿打了最后一通电话，但女儿并没有听出父亲的话外之音。

那是一个性格很硬的人——村人说，他决定了的事，没有人可以拦得住他。他一定是觉得这个世界，已实在没有什么意思了吧。活了一辈子，活成这样，不如死了算了。

他死了以后，他养的一条狗，在遗体前哭了两天，呜咽不绝，赶都赶不走。因为这条狗，前去看望者没有不落泪的。

我怎么会想起来这么一个悲伤的故事呢？我不知道。尽管时间过去很久了，我还是会想起。

就好像，那么一个决绝的背影，石头一样嵌在村庄的道路上。细细看，那是一个沉默的、坚忍的，村庄里所有的男人们的背影。有时候，我几乎会觉得村庄里所有的男人们的背影里都有这么一种共通的东西，固执而内向，说一就不二。

三

我的小舅从前是一个木匠，当他爬上山的时候，他会对着一棵树发呆。有时，他还会闭上一只眼睛，瞄一瞄那棵树是不是足够直挺。我知道这是一个木匠的职业习惯，他看见一棵树的时候，其实在心中出现的是一个板凳，或是一个五斗柜。

小舅十五岁拜师学艺，住进外乡的一位木匠师傅家中，挑水，劈柴，喂马，收割粮食——其实也不是喂马，而是喂猪，以及割猪草——还有上山砍柴，下河摸鱼。这一切都是为师傅做的，当学徒，没有工钱，学手艺就是这样的，不仅是学手艺，还要做很多手艺之外的事情。比如上桌吃饭，徒弟永远要比师傅晚。师傅还没吃完，徒弟必须先吃完，放下碗，离开饭桌，早早地坐在那些活计面前。

锯、刨、削、劈、斩、琢、切、凿，木工活儿都是力气活儿，小舅手上有很厚很厚的老茧，那时我摸过那些老茧，硬得如同塑料。有时他用凿子的刀口削铲那些老茧，如同削铅笔一样，屑子纷纷掉落。

就这样学了三年，我的小舅成功地从一个下田的农民转型成一个操持手艺的木匠。他做了许多桌子、椅子、大衣橱、床、粮仓、风车、长凳、短凳、高凳、矮凳、骨牌凳、扁担、砧板、锅盖、碗架橱、脸盆架，成果遍布十里八乡的人家。有人结婚的时候，他做的家具被人们排着长队抬来抬去，上面贴着红纸，喜气洋洋。

不知道什么时候开始，乡下人结婚，渐渐地不时兴打家具了。他们直接去县城的家具城置办。那里的家具，式样更好看，都是三合板钉成的，价钱便宜，还特别轻巧，不像自家打的木头家具那么笨重，打家具费时费力费木头。那个时候的审美，就是这样的。就像很多人家里，会摆上几盆买来的塑料花，鲜鲜艳艳，四季不败，而门前小径边的野花开得葱茏，四时常新，却没有人去采来插在瓶子里。

小舅渐渐地不那么吃香了，人们不再需要一个木匠。小舅于是进城去打工，他成了中国最早一批“打工仔”中的一员：辗转在各个沿海城市打工，跟着建筑队的人在一个又一个工地上干活，搭脚手架，给人装修房子；住漏风的工棚，吃最差的粮食；存下一点钱，结了婚。后来他成了橡胶厂的流水线工人。因为橡胶厂有害气体多，干了几年身体吃不消，就不做了。再后来，小舅回到了老家，托人在县城找了一份工作，成了机械厂工人。机械厂在经济形势不好的时候经常会放假，作为一名计件工人，他常常一个月只能拿到一千多块工资。

小舅大我十来岁，小时候的夏天，我常跟他一起在小溪中捉鱼。溪水清冽，鱼儿机敏，小舅手执一根八号钢丝，瞅见鱼儿在水中蹿过，便眼疾手快，挥动钢丝。那钢丝呼呼作响，劈开空气，劈开清流，劈翻小鱼。

记忆中的小舅，常在农忙时候帮我们家干农活。印象最深的是，在一个叫藕塘的地方，有一丘我们家的水稻田。好多年中，我和弟弟都跟着小舅一起去耘田。藕塘，大约原先是一口烂泥池塘。那是个冷水塘，别处的田水，被太阳一晒，都热乎乎的，这里却还是冰冰凉。最让人吃惊的是，赤脚站在这田里，人总是会不由自主地往下陷。

我们出门的时候，母亲会关照一句："你们站拢些，要是陷下去，就相互拉一把。"

又说："戴一顶笠帽去，这样，人陷下去的时候，至少水面上还有一顶笠帽啊。"

这话当然是玩笑的，但是仍然让我们感到恐慌。

耘田，以往是水稻耕作中的重要一环，耘田的目的是除草、松泥、拔稗。范成大的田园诗里说："昼出耘田夜绩麻，村庄儿女各当家。童孙未解供耕织，也傍桑阴学种瓜。"现实中，耘田没有这么诗情画意，更多时候是艰辛，以及下陷的恐慌——在藕塘里耘田，慢慢地，人就越陷越深。一般的田里，泥巴只能没到小腿。在藕塘，一不小心，就没到膝盖，没到大腿，而且很难拔出来。

后来，上学读到红军过草地时沼泽地吞人的课文，眼前总是会浮现我们在藕塘耘田的一幕。

现在，小舅的儿子，已经上了大学。是去年考上的，那是位于台州临海的一个职业技术学院。

供一个大学生，对小舅这样的家庭来说并不是一件容易的事。小舅也早已抛下了他的田地，田地里刨不出钱来。小舅和舅妈两个人，都去机械厂上班，他们每天都盼着多做活，少放假，这样能拿高一点的工资。

我记忆中的小舅只有十七八岁，那时他英俊高大，有一身的力气，甚至还是一个令人羡慕的木匠。他不仅是一个好的木匠，他还能种植粮食，玉米、丝瓜、柑橘、南瓜。他买了一个什么牌子的录放机整天放着小虎队的歌。

现在的小舅是一个四十几岁的中年男人，每天一脸愁容地骑着电瓶车往返于县城与小村庄之间的道路上。

下雨的时候，闲在家中没事，小舅仍然会拿起锯子刨子和斧头，静静打量一块木头。

有一天他做了一块砧板，送我。那块砧板很厚，很重，是用老松树做的，为了做那块砧板，他上山找了大半天，才看中一棵老松树。

砧板很好用，放在那里也会散发出好闻的松木的清香。

我在小舅的家里，还看见一些小凳子，矮凳、长凳、短凳，都是他自己做的。我对着那些矮凳、长凳、短凳，愣愣地看了半天，我觉得那些小凳子都好像要跑起来了。

七把镰刀，闪着白光。

父亲一把一把在石磨上磨着，“唰唰唰——唰唰唰——”，然后举起镰刀用拇指去试刀刃的锋利程度，他把每一把刀都磨到自己满意为止。

水稻成熟了，黄了的水稻垂着头，在接下来的这个黄昏里静静等待着收割。这个时候，距离马岳云赶着他的牛下田翻耕已经过去了五个月。五个月前，马岳云赶着他的牛，在一个下着雨的日子里耕田、耙田、耖田，像是在稻田这块布上做精细的刺绣。他手上的犁、耙就是绣花针，他拐弯抹角，深入浅出。他把一片杂草丛生的稻田耕作得水平如镜，镜面里妥妥地倒映着一方天空，天空上缓缓地走过一群云。

然后，一个一个秧把开始在天空里飞行。秧把看起来就是小型的魔法师骑行的扫帚，脱离了父亲、小舅的手掌，在空中划出完美的弧线。接着，它们错落有致地降落到稻田中，被一个个手掌把持，分离，一株一株，分别被安放进水田的泥土中。它们看起来相当弱不禁风，但是它们整齐有序，有条不紊，直到一起布满整片稻田。

父亲在磨刀的时候，我看到其中一把镰刀上锻着“野粟”两个字。这让我很好奇。在我印象中，镰刀这样的东西，是从来没有人会在上面锻上标志的，不像剪刀可以刻上“张小泉”。

磨好了镰刀，父亲又把架在屋梁上的七担箩筐分别取了下来。七担箩筐，沉稳笃实。

从前，在每一个收割季开始之前，篾匠都是乡村里最受欢迎的人。每家每户都要把箩筐、谷笕、竹簟、扫帚等等农具整修一番。篾匠开始走村串乡，他把山坡上生长得恣意无章的毛竹，变成一条一条无比柔软的篾片，他把那些无比柔软的篾片，缝补在箩筐、谷笕、竹簟们的棕色老篾之间。新篾与老篾相互穿插，你中有我，我中有你。历经沧桑、破绽百出的箩筐、谷笕、竹簟们于是焕然一新，容光焕发。经过一季的收割使用，新老成色的篾片就会浑然一体。

可是那摊晒谷子用的竹簟，现在到底是没有了。我们家好多年没有用竹簟把收割来的稻谷摊开晒了。竹簟是稻谷的舞台。现在竹簟不见了，人们直接把稻谷摊开在水泥地面上。靠近公路的人家，直接把稻谷摊开在宽阔的水泥路面上。

“禁止在公路上晒稻谷！”

这样的标语在公路边的山墙上写了好久，终究没有人太当一回事。“路又不是你家的！”老妇人一边翻晒稻谷一边对劝她注意安全的人这样说。“大路朝天，你走半边，另半边留给我晒稻谷。”老妇人觉得这是天经地义的事。

那么，篾匠又到哪里去了呢？

从播种谷种开始，到催生秧苗，再到秧苗生长拔节，直到结出金黄色的稻穗，在这漫长的时光里，父亲会一直担忧着天气，担忧着水源，担忧着蝗虫，担忧着稻飞虱，担忧着耘田或收割的人手，他总是有许许多多值得担忧的事。尽管如此，许多事情仍然不尽如人意。比如去年村边的桃花溪就发了大水，把我们的稻田淹了四天四夜。

现在水稻终于要成熟了，就好像一个孩子历尽艰辛终于考上了大学。

所有的忧心可以放下，父亲感到心满意足。

父亲把打稻机搬出来擦洗一新，上了一遍油，把镰刀磨好，把箩筐上的绳子整理完毕，然后又走到稻田里去。稻田在夕阳里呈现出朦胧的暖色调。明天就要收割了，父亲脱了鞋，分开稻株，远远地走到稻田中。

四野一片寂静。

田埂上看不到几个人，整个村庄居然如此寂静。

我忽然想到，一个农民的一生，耕种次数其实是有限的。从前村庄里的水稻是一年两熟，现在也是一年两熟。一个人活到八十岁，也就看到一百六十次水稻成熟。如此而已。

后　记

我是有故乡的人，故乡是一个人的身份证，不管你走得多远，不管你做什么，故乡都会在你心里占据一片天空。

我从故乡远远地离开，许多年后，我又重新靠近它，亲近它。

这些年，常听见有人说，故乡在荒芜，故乡在沦陷。但大家只是限于感叹，鲜有人真去为它做一点什么。我想，如果大家能重新回到故乡，大约故乡也不会是这样的空虚着了。然而现实的悖论也正在于此：从前的故乡，我们还回得去吗？

好在，我的父亲母亲还在故乡。

我的根，也还在故乡。

在乡下种田之后，我出版了《下田：写给城市的稻米书》和《草木滋味》两本跟村庄有关的书，也有朋友建议，是不是可以为孩子们出一本绘本书。通过这样一个绘本，把故乡的风景、四时的劳作都呈现出来，让很少接触到土地的孩子们，能从中获知关于田野的秘密。

那么，找谁来画是个问题。直到有一天，很意外地看到金雪的作品，我一愣，就是她了！

金雪并未到过我的村庄，但是她常常会借美妙的笔触，描绘下我们在稻田劳作的场景。很多画面，真是美。那些作品，也使我重新审视我的村庄，以及草木与光阴。

现在，这本书完成了。

我想把它献给我的父亲母亲，也献给每一位离开了故乡的人。因为，它是我们每个人心里的故乡，不管你走得多远，你永远是故乡的孩子。

附　录

一、《耕织图·耕图》

［南宋］　楼璹　原作

［清］　　陈枚　重绘

浸种

宵雨初過曉日晴烏犍有力足春畊田家辛苦那知倦更聽枝頭布穀聲 耕

耕

耙耨

新田如掌水潺湲，
扶耖终朝那得闲。
手足沾涂浑不管，
月明共濯碧溪间。
耖

耖

碌碡

二月春風料峭寒原田鱗疊入遐觀家悚舊穀生新潁欲布秧還仔细看 布秧

布秧

柳晴花明春正深
田家那得冶遊心
老翁策杖扶兒笑
爭喜初秋擺綠針
初秋

初秋

紅杓舂灰淤畝勤，高原下隰望中分。鳴鳩喚雨聲聲好，頃刻掀秀起白雲
淤蔭

淤荫

勻鋪綠秧滿平川萬井風和花欲然移自南疇向西陌拔秧時節日長天

拔秧

拔秧

甫田萬井水瀰瀰拔得新秧欲插時槐夏麥秋天氣好及時樹藝莫教遲

插秧

插秧

新穎鵞黄遠似波，揠苗助長槁如何。惟庶芟薙勤人力，自鮮莠稂害稺禾。 一耘

一耘

壺漿饁
婦大隄
行家是
畦遥莠
易生勞
苦再耘
還再饋
可憐農
叟望年
情 二耘

二耘

朱火炎炎日午長
三耘曝背向林塘
那無解愠傳風信
天遣微薰動緑芒
三耘

三耘

抱甕終輸氣力微，桔槔輪轉迅如飛。池塘水滿新禾潤，樹下乘涼待月歸。

灌溉

灌溉

桐風瀟灑露珠晞，滿壟黃雲映落暉。是處腰鐮收穫遍，擔頭挑得萬錢歸。

收刈

收刈

登場此日望西成大有頻書慶帝京穲稏滿車皆玉粒比隣都覺笑顏生

登場

登场

塲圃平堅厌甃成如坻露積家閒情慇懃媍子争持穗好聽千家拍拍聲

持穗

持穗

木末金風陣〻吹，松明火燒隔踈籬。何来春相深宵裏，可是村謳唱和時。春碓

春碓

秋成那得暫遊盤，顆粒精粗欲別難。
周折不辭身手瘁，粒餘一掬幾回看。

筛

郭外人家茆舍深
门前揚簸趁風林
莫令飄墮成狼戾
孤負畊夫力作心
簸揚

簸扬

入仓

擊鼓吹豳報屢豐穀秀崇饗萬家同更期來歲如今茲苗碩不知顧莫窮

祭神

乾隆御筆

祭神

二、《瑞谷图》

［清］郎世宁　绘

上諭朕念切民依今歲令各省通行耕耤之禮為
百姓祈求年穀幸邀
上天垂鑒雨暘時若中外遠近俱獲豐登且各處皆
產嘉禾以昭瑞應而其尤為罕見者則京師
耤田之穀自雙穗至於十三穗御苑之稻自雙穗
至於四穗河南之穀則多至十有五穗山西之
穀則長至一尺六七寸有餘又畿輔二十七州
縣新開稻田共計四千餘頃約收禾稻二百餘
萬石暢茂頴栗且有雙穗三穗之奇廷臣僉云
嘉禾為自昔所未有而水田為北地所創見屢
詞陳請宣付史館朕惟古者圖畫豳風於殿壁
所以誌重農務本之心今蒙
上天特賜嘉穀養育萬姓實堅實好確有明徵朕祇
承之下感激歡慶着繪圖頒示各省督撫等朕
非誇張以為祥瑞也朕以誠恪之心仰蒙
帝鑒諸臣以敬謹之意感召
天和所願自茲以往觀覽此圖益加儆惕以脩德為
事神之本以勤民為立政之基將見歲慶豐穰
人歌樂利則斯圖之設未必無裨益云特諭

雍正五年八月二十八日